LOS GUARDIANES DE GA'HOOLE

El asalto

Título original: *The Siege*

Traducción: Jordi Vidal

1.ª edición: noviembre, 2008

Publicado originalmente en 2004 en EE.UU. por Scholastic Inc.

© 2004, Kathryn Lasky, para el texto
© 2004, Scholastic Inc.
© 2008, Ediciones B, S. A.,
   en español para todo el mundo
   Bailén, 84 - 08009 Barcelona (España)
   www.edicionesb.com

Impreso en España - Printed in Spain
ISBN: 978-84-666-2890-7
Depósito legal: B. 43.209-2008

Impreso por A & M GRÀFIC, S.L.

KATHRYN LASKY

LOS GUARDIANES
DE GA'HOOLE

LIBRO CUARTO
El asalto

Traducción de Jordi Vidal

EDICIONES B
GRUPO ZETA

Barcelona • Bogotá • Buenos Aires • Caracas • Madrid • México D. F.
Montevideo • Quito • Santiago de Chile

Territorio de Más Allá

Bosque de las Sombras

Velo de Plata

Reinos del Sur

Los Yermos

Reino del Bosque de Ambala

Desfiladeros de San Aegolius

Academia San Aegolius para Lechuzas Huérfanas

N

Reinos del Norte

N

Refugio del Hermano
de Glaux

Mar
Amargo

Bahía
de Kiel

Isla de las
Tempestades

Bahía de
Colmillos

Mar del
Invierno Eterno

Garras de
Hielo

Estrecho
de Hielo

Isla del Ave Oscura

Reinos del Sur

Mientras Dewlap arremetía con inútil desesperación contra el viento y el agua, el libro, que había dejado sobre la roca, se precipitó al mar.

Nota de la autora

Winston Churchill fue el primer ministro de Inglaterra durante la Segunda Guerra Mundial, en la cual los ciudadanos de Londres fueron sometidos a bombardeos incesantes por parte de los nazis a lo largo de varios meses. Se llamó la batalla de Inglaterra, y el valor de los hombres, las mujeres y los niños fue notable durante aquellos días terribles. Las arengas radiofónicas de Churchill ayudaron a levantar el ánimo de una nación agotada y asustada. Se dijo que Winston Churchill fue el hombre que movilizó la lengua inglesa. Quisiera expresar mi deuda de agradecimiento con Churchill, ya que muchos de los discursos de Ezylryb en los capítulos 18, 20 y 22 están inspirados en algunos de los alegatos más conmovedores del primer ministro británico.

Cuando yo era niña, una respuesta generalizada a

un matón era: «Palos y piedras me romperán los huesos, pero las palabras no podrán hacerme daño».

Ahora que soy adulta, pienso que no es verdad. Las palabras pueden hacer daño. Pero nunca me habría imaginado en mi infancia que palabras como las de sir Churchill pudieran insuflar tanto coraje, fuerza, resistencia y valor a los ciudadanos que afrontaban las circunstancias más horrendas de la guerra.

Prólogo

Estaba loco de furia y no cesaba de maldecir; además, no lograba mantenerse equilibrado mientras volaba a través del cielo nocturno. «¡Tengo que encontrar agua! ¡Tengo que encontrar agua! Los ojos me arden por culpa de esta máscara. ¡Que la sangre de Glaux caiga sobre la molleja de mi hermano!» El joven ejemplar de lechuza común chilló mientras su pico incandescente hendía la negrura de la noche. Aquella maldición, la peor que una lechuza podía pronunciar, pareció mitigar los terribles sentimientos que asaltaban a Kludd. Pero el odio aún lo alimentaba, lo impulsaba a volar en busca de alguna charca de agua fría en la que hundir su máscara de metal fundido y sus plumas en llamas, encendidas por su hermano, Soren, en una batalla que había salido mal, muy mal.

Más abajo, distinguió el centelleo de la luna sobre una superficie lisa y líquida. «¡Agua!» Kludd se inclinó de costado y empezó a descender en espiral. *Agua fría, pronto.* Había perdido el pico en un combate. Había perdido todas las plumas de la cara en otro. En esta ocasión se le habían quemado las plumas que le cubrían los oídos, pero todavía conservaba un ojo y, más importante aún, su odio. Kludd alimentaba y mimaba su odio como hacía una madre con sus polluelos.

¡Gracias a Glaux que todavía era capaz de odiar!

CAPÍTULO 1

El peregrino

El búho pescador castaño alzó la vista y parpadeó. El cometa rojo había pasado por última vez hacía casi tres meses. Entonces ¿qué podía ser aquel punto reluciente en el cielo que se dirigía hacia el lago a una velocidad alarmante? ¡Glaux bendito, profería los juramentos más groseros y horribles que uno pudiera imaginarse!

El búho pescador castaño se acercó más al extremo de la rama de sicomoro que se extendía sobre el lago. Si no se trataba de otro búho pescador, necesitaría ayuda. La mayoría de las especies de aves rapaces nocturnas, excepto los búhos pescadores y los búhos reales, estaban completamente indefensas en el agua. El búho pescador castaño empezó a desplegar sus alas, dispuesto a agitarlas rápidamente para alzar el vuelo. Una fracción de segundo antes de oír el chapoteo ya estaba en el aire.

Se produjo un chisporroteo cuando Kludd penetró en el agua, seguido de unas volutas de humo. Simon, el búho pescador castaño, nunca había visto nada igual: una lechuza incandescente como una ascua de un incendio forestal sumergiéndose en la charca. ¿Era una lechuza carbonera? No, las carboneras no hacían esas cosas. Por extraordinario que pudiera parecer, una lechuza carbonera sabía desempeñar su trabajo sin quemarse. El búho pescador castaño cogió a la misteriosa lechuza con sus garras justo a tiempo. Pero se le heló la molleja al ver la cara de aquella ave: un amasijo deforme de metal fundido y plumas. ¿Qué era aquello?

Bueno, mejor no preocuparse. Por lo menos estaba vivo y, como ave peregrina de los Hermanos de Glaux de los Reinos del Norte, el deber de Simon no era preguntar, ni convertir, ni predicar, sino tan sólo ayudar, procurar consuelo, tranquilidad y amor. Aquel ser parecía muy necesitado de todo. Y precisamente por eso los hermanos pasaban temporadas alejados de su retiro y sus estudios, para salir al mundo y cumplir con su sagrada obligación. El Hermano Superior solía decir: «Estudiar demasiado en soledad puede llegar a ser un vicio inexcusable. Es nuestra obligación compartir y poner en práctica con los demás lo que hemos aprendido de nuestra experiencia con los libros».

Ésa era la primera temporada de peregrinación para Simon, y aquél parecía ser su primer gran reto. El ave quemada necesitaría cuidados. No cabía ninguna duda.

Devolver polluelos caídos a sus nidos, instaurar la paz entre facciones enfrentadas de cuervos —los Hermanos de Glaux eran de las pocas aves que podían hacerlos entrar en razón—, todo aquello no era nada comparado con esto. Simon debería recurrir a sus conocimientos sobre medicina y hierbas para curar a aquella pobre criatura.

—Cálmate, cálmate, amigo —dijo Simon en voz baja y tranquilizadora mientras ayudaba al herido a entrar en la oquedad del sicomoro—. Te curaremos y te pondrás bien.

Era una situación en la que Simon habría utilizado un par de serpientes nodrizas. Constituían todo un lujo en su retiro en los Reinos del Norte. Pero aquí los peregrinos estaban obligados a vivir modestamente, y valerse de las serpientes ciegas que atendían tantos nidos, limpiándolos de bichos, no se consideraba apropiado, pues los peregrinos que prestaban servicio tenían orden de vivir con la mayor austeridad posible. Así que Simon tendría que salir a desenterrar los gusanos medicinales por sí mismo. Las sanguijuelas eran las mejores para sanar aquella clase de heridas y, siendo un búho pescador, era un experto en capturarlas.

Tan pronto como Simon hubo instalado a Kludd en el hueco, sobre un blando lecho confeccionado con plumón arrancado de su pecho y una mezcla de musgos, salió en busca de sanguijuelas. Mientras volaba hacia un rincón del lago donde éstas abundaban, pensó en cómo se había resistido aquel ave, que podía ser un ejemplar de lechuza común, cuando había intentado arreglarle las plumas. Era muy raro. Nunca había conocido a un ave rapaz nocturna que se negara a que le arreglaran las plumas. Aquélla las tenía muy sucias y enmarañadas, y resultaba asombroso que hubiera podido volar, ya que lograr un vuelo regular dependía de tener las plumas lisas. En cada pluma remera había unos ganchitos minúsculos y casi invisibles, llamados bárbulas, que se unían para formar una superficie uniforme que no ofreciese resistencia al aire. Las bárbulas de aquella ave se habían desenganchado de mala manera, y había que alinearlas y alisarlas de nuevo. Sin embargo, la primera vez que Simon lo había intentado, aquella criatura se había apartado. Curioso, muy curioso.

Simon regresó al poco rato con el pico lleno de sanguijuelas y procedió a aplicarlas alrededor de los bordes retorcidos de la extraña máscara metálica que se había fundido sobre la mayor parte de la cara del ave. No se atrevió a quitársela. Después de examinar con mayor detenimiento al herido, Simon se convenció de que se trataba de un ejemplar de lechuza común, y de un tamaño excepcionalmente grande. Empleando trocitos de musgo empapado, vertió gotas de agua en su pico. De vez en cuando el ave abría los ojos, pero era evidente que deliraba. En aquel estado soltaba una retahíla casi incesante de maldiciones salpicadas de diatribas de venganza y muerte dirigidas a alguien llamado Soren.

Simon atendió día y noche a la extraña lechuza común, sustituyendo las sanguijuelas e introduciendo gotas de agua debajo de la retorcida pieza de metal que ocupaba el lugar del pico. El herido se fue calmando, al tiempo que sus rencorosas maldiciones disminuyeron para alegría de Simon, pues los Hermanos de Glaux eran una orden pacífica que estaba en contra de la lucha. Durante dos días el joven ejemplar de lechuza común había dormido durante largos períodos seguidos y ahora, al tercer día, abrió los ojos y parpadeó. Simon se dio cuenta de que por fin estaba consciente del todo. Pero las primeras palabras que salieron de aquel pico metálico desconcertaron al búho pescador peregrino casi tanto como lo habían hecho sus juramentos.

—Tú no eres un Puro.

«¿Un Puro? Por el amor de Glaux, ¿a qué se refiere este chico?»

—Disculpa, pero me temo que no sé de qué me hablas —dijo Simon.

Kludd parpadeó. «Debería estar asustado.»

—No importa. Supongo que debo darte las gracias.

—Bah, no supongas nada. No tienes por qué darme las gracias. Soy un peregrino. No hago más que cumplir con mi deber glauxiano.

—¿Qué deber?

—Deber para con nuestra especie.

—¡Tú no eres de mi especie! —le espetó Kludd con una ferocidad que desconcertó al búho pescador—. Yo soy una lechuza común, Tyto alba. Tú eres... —Kludd pareció olisquear—. A juzgar por lo mal que hueles, yo diría que eres un búho pescador, y por lo tanto no perteneces a mi especie.

—Bueno, hablaba en términos generales, naturalmente. Mi deber glauxiano se extiende a todas las aves rapaces nocturnas.

Kludd respondió con un silbido grave, semejante a un gruñido, y cerró los ojos.

—Ahora tengo que dejarte —dijo Simon.

—Si sales a cazar, preferiría carne roja en vez de pescado; ratón de campo, para ser más preciso.

—Sí, sí. Haré lo que pueda. Estoy seguro de que te sentirás mejor tan pronto como te traiga un poco de carne.

Kludd miró irritado al búho pescador castaño. «No estés seguro de nada conmigo. ¡Glaux, qué pajarraco tan feo! Cabeza achatada, color indefinido, ni pardo, ni gris, ni blanco. Unos penachos de plumas insignificantes sobre las orejas. No hay nada mucho más feo que un búho pescador castaño, desde luego.»

Sin embargo, Kludd creía haber oído hablar de aquellas aves peregrinas. Se dijo que podía aprovechar la ocasión para saber algo más acerca de ellas.

—Dices que eres un peregrino. ¿De dónde vienes? —preguntó.

Simon se alegró de que aquel jovencito le prestara cierta atención.

—De los Reinos del Norte.

Aquella respuesta suscitó el interés de Kludd. Había oído hablar de los Reinos del Norte. Era de allí de donde procedía el viejo Ezylryb, el autillo bigotudo al que había estado a punto de capturar pero por culpa del cual casi había perecido en aquella última batalla.

—Creía que los Reinos del Norte eran célebres por sus guerreros, no por sus peregrinos.

—Las aves rapaces de los Reinos del Norte son muy feroces, pero es tan posible serlo en el amor y la paz como en el odio y la guerra.

¡Glaux, aquel búho pescador lo sacaba de quicio! Le hacía desear regurgitar una docena de egagrópilas en su fea cara.

—Entiendo —dijo Kludd.

Pero, desde luego, no lo entendía en absoluto. Sin embargo, a veces era necesario recurrir a la diplomacia. Y eso era lo que Kludd consideraba una respuesta diplomática a un ave que le revolvía la molleja.

—Bueno, ¿por qué no sales a conseguirme un poco de carne roja, sabrosa, con pelo y buenos huesos? Mi molleja necesita triturar algo.

«Y yo necesito tiempo para pensar», le habría gustado añadir.

¡Los Reinos del Norte! Su sola mención en el pico de aquel asqueroso búho pescador castaño le había activado la mente. Ahora tenía que urdir cuidadosamente un plan. La captura del viejo autillo bigotudo Ezylryb había fracasado estrepitosamente. Por supuesto, no se podía decir que fuera un plan estupendo. No, el plan estupendo había consistido en reunir un ejército lo bastante grande para poner cerco a la Academia para Lechuzas Huérfanas de San Aegolius. Aquella institución llevaba años raptando polluelos y adiestrándolos para extraer pepitas, entre otras cosas. Con las pepitas era posible fabricar armas de un poder increíble. No sólo armas que mataban, sino también armamento capaz de pervertir la mente de las aves. San Aegolius poseía la mayor provisión conocida de pepitas. Pero los de la academia no sabían qué hacer con ellas. Aun así, por ignorantes que fueran, habían localizado la fortaleza que los Puros tenían en las ruinas del castillo y luego trataron de llevarse los polluelos que Kludd y cientos de Tytos habían capturado. Los Puros, desde luego, contraatacaron para recuperar lo que consideraban legítimamente suyo. Aquello desembocó en la Gran Caída. Cientos de polluelos cayeron mientras las dos fuerzas poderosas y rebeldes se enfrentaban. Y fue la Gran Caída lo que había alertado al mundo de las lechuzas y otras aves rapaces nocturnas —en particular aquellos pájaros nobles, conocidos como los Guardianes de Ga'Hoole, que alzaban el vuelo en la oscuridad de la noche desde el Gran Árbol Ga'Hoole— de que existía algo más temible que San Aegolius.

Antes de la Gran Caída, la organización de los Puros se había mantenido en secreto, y esta situación les concedió un tiempo valioso y la oportunidad de reunir sus fuerzas y planear sus estrategias. La Gran Caída había hecho salir a las aves de Ga'Hoole en buen número. Y, sobre todo, había atraído al guerrero legendario de los Reinos del Norte, conocido allí como Lyze de Kiel y ahora, en los Reinos del Sur, como Ezylryb. Pero no era Lyze de Kiel el guerrero quien había interesado a Kludd, sino Lyze de Kiel el sabio. Decían que aquel autillo bigotudo poseía el conocimiento más profundo de todas las disciplinas, desde el tiempo hasta el fuego, pasando por los propios elementos de la vida y la tierra. Y, además, era el que mejor comprendía los poderes ocultos de las pepitas.

Así pues, cuando los Puros perdieron los polluelos, y con ello dejaron de tener poder sobre las aves rapaces nocturnas, Kludd decidió bruscamente cambiar de táctica. La captura de un ave como Ezylryb valdría más que cien polluelos. La única forma que se le ocurrió de capturar al anciano fue mediante un Triángulo del Diablo. Colocando tres bolsas de pepitas en tres árboles distintos para formar un triángulo, Kludd había tendido una trampa en la que el viejo autillo bigotudo había caído al verse alteradas sus facultades de navegación. El hecho de que aquel campo de fuerza se hubiera roto no sólo era algo inesperado, sino también catastrófico, pues otras aves habían acudido a rescatar a Ezylryb y habían roto la fuerza de aquel campo como si no fuera más que una ramita quebradiza. ¡Magnetismo superior! Ezylryb conocía aquellas ciencias oscuras. Y por eso Kludd había querido retenerlo.

Habían librado un feroz combate con las aves que habían ido a rescatar a Ezylryb. Para horror de Kludd, una de ellas era su propio hermano pequeño, Soren, al que había empujado del nido de su familia cuando éste era un polluelo demasiado joven para volar. En aquel entonces Kludd había creído que entregaba a su hermano al Gran Tyto Más Puro, pues aquél era el requisito: sacrificar un miembro de la familia y garantizar así su propio acceso a los rangos superiores de los Puros. Pero algo había salido mal. Los de San Aegolius habían aparecido y se habían llevado a su hermano, y encima éste había estado a punto de matarlo recientemente. Y los Puros no sólo habían visto cómo les robaban a sus reclutas, no sólo habían perdido a Ezylryb, sino que además su fortaleza había sido descubierta. Debían encontrar otro lugar donde instalarse, un cuartel general desde el que planear su guerra por la supremacía.

Bueno, no era necesario pensar en todo aquello en ese momento, pues había otras cuestiones más importantes, como el magnetismo superior. «Durante todo este tiempo —se dijo Kludd— he soñado con pepitas, he deseado controlar el universo de las aves rapaces nocturnas y hacerlo puro. He ansiado conquistar San Aegolius, con sus enormes depósitos de pepitas y sus miles de polluelos y jóvenes para extraerlas. Y luego soñé con capturar a Ezylryb. Pero ahora sé qué debo hacer: tengo que poner cerco al Gran Árbol de la isla de Hoole, situado en medio del mar de Hoolemere. Sí, el Gran Árbol Ga'Hoole debe ser nuestro, con sus secretos del fuego y el magnetismo superior, con sus guerreros y sus sabios... Tiene que ser nuestro. Esperaré el momento propicio. Recobraré mi fuerza. Encontraré y reagruparé a mi ejército dispersado, y entonces nos alzaremos, mil veces más poderosos de lo que lo hemos sido nunca, contra los Guardianes de Ga'Hoole.»

—Te traigo un hermoso y rollizo ratón de campo, de huesos fuertes y con mucho pelo, pues ya le ha salido del todo el pelaje invernal. Esto debería satisfacer a tu molleja —dijo el búho pescador peregrino que acababa de regresar.

«Sí, y tú también me satisfarás, peregrino», pensó Kludd; había decidido que, en cuanto recobrara su fuerza, mataría a aquel búho de inmediato. Debía mantener su propia supervivencia en secreto durante algún tiempo si quería que todos sus planes dieran resultado. Sí, al día siguiente, cuando los huesos del ratón de campo se hubieran desintegrado en su molleja, estaría listo para matar al pestilente búho pescador castaño. Kludd, como los mejores asesinos, era paciente.

CAPÍTULO 2

El centinela del bosque

Algunos la habrían tomado por un espectro, un fantasma volador, pero no lo era; lo que sucedía es que sus plumas se habían vuelto de un color gris brumoso con motas blancas. Se trataba de una hembra de cárabo manchado, aunque bastante extraña. Se había posado en un árbol no muy alejado del sicomoro. Sus alas, algo tullidas, le dificultaban los vuelos largos y, cuando volaba, solía describir una trayectoria torcida. Aun así, salía a reconocer el terreno todos los días.

Era casi invisible a los demás habitantes de Ambala, y éstos, las raras veces que la veían, la llamaban Mist. Pero, si bien no se la veía a menudo, ella parecía verlo todo. Cuando presentía peligro u observaba algo inquietante, se dirigía hacia las águilas con las que compartía el nido. Antes había habido confidentes que estaban pendientes de tales cosas, pero ya no quedaba ninguno desde que el cárabo de franjas que vigilaba en las tierras fronterizas entre Los Picos y Ambala había sido asesinado. Ahora la cárabo manchado llamada Mist percibía la proximidad de un gran peligro.

Unas noches antes había presenciado la curiosa escena de una extraña lechuza en llamas precipitándose en el lago. Había visto cómo el peregrino la rescataba y se había quedado pasmada al verlo salir en busca de sanguijuelas. No acertaba a comprender cómo aquella ave había logrado sobrevivir a su caída, y todavía menos a las ascuas incrustadas en su cara. Pero así era, porque al día siguiente había visto al peregrino salir a cazar y había oído su preocupación por encontrar un ratón de campo. Murmuraba para sí con voz tensa que el herido había exigido carne en lugar de pescado. Mist no podía creer que pudiera mostrarse tan exigente con el peregrino que le había salvado la vida. Y ahora veía cómo éste salía varias veces al día en busca de carne roja: ratas, ratones de campo, ardillas..., pero nunca pescado.

Mist sentía cada vez mayor curiosidad por el ave que se recuperaba en la oquedad del sicomoro. ¿Hasta dónde podía acercarse? La mayoría de los animales de aquel bosque nunca llegaban a verla, ni siquiera las aves rapaces nocturnas. La atravesaban con los ojos. Para ellos no era más que niebla o neblina. Pero, aunque la vieran, no parecía que la identificaran como una rapaz nocturna o algún animal conocido, lo que constituía una ventaja para ella. Los únicos seres que la conocían eran las águilas con las que vivía, Zan y Streak.

Así pues, avanzó sigilosamente por la rama del abeto en la que estaba posada. Había poca distancia hasta la pícea contigua al sicomoro en el que el herido se restablecía. Instantes después, se posó sobre la pícea. Tenía una rama que sobresalía hasta rozar el sicomoro, desde donde se veía perfectamente el hueco en el que descansaba el ave. La cárabo manchado dio un respingo al ver al herido, pues era enorme y tenía la cara oculta detrás de una máscara metálica que le confería un aspecto espantosamente brutal. Sintió que se le contraía la molleja al mismo tiempo que empezaba a invadirla el pavor. Debía regresar con las águilas. Había en aquella lechuza algo más maligno de lo que había visto nunca. Pero, en aquel momento, oyó que se acercaba el peregrino. De repente, el mundo entero pareció convertirse en un torbellino de plumas ensangrentadas. Un chillido terrible hendió el bosque. Y luego todo terminó. En unos segundos, el búho pescador castaño yacía muerto sobre la tierra, con un ala arrancada y la cabeza casi partida en dos. Cuando la oscuridad de la noche se cernía sobre el bosque, la gigantesca lechuza de la máscara de metal levantó las alas, las sacudió y alzó el vuelo.

A la cárabo manchado se le heló la molleja cuando la lechuza se posó en la misma rama que ella ocupaba. Había logrado sobrevivir hasta entonces. ¿Iba a morir ahora en las garras de aquel monstruo? El monstruo se volvió hacia ella. Jamás se había encontrado tan cerca de una lechuza sin ser vista. El monstruo parpadeó. «¡Increíble! Ve a través de mí. Soy como la niebla.»

La rama tembló cuando Kludd volvió a batir las alas y se elevó en la noche para ir en busca de los Puros. Una vez consumado su asesinato, había llegado la hora de la revancha. Suyas serían la venganza y la gloria. Su molleja se estremeció de júbilo. Un chillido silencioso atronó en su cerebro. «¡Kludd no tiene rival!»

CAPÍTULO 3

En el Gran Árbol Ga'Hoole

Las ráfagas del primer vendaval del invierno sacudían las gruesas ramas del Gran Árbol Ga'Hoole. Era la estación de la lluvia blanca, cuando las enredaderas que pendían del árbol adquirían un reluciente color marfil. Las mejores bayas de oreja de ratón se habían recogido hacía varias semanas, durante la época de la lluvia cobriza, cuando las enredaderas se cubrían de un tono metálico oscuro. La brigada del tiempo a la que Soren pertenecía acababa de regresar de un vuelo de interpretación dirigido por Ezylryb, capitán de la brigada. Había sido el primer vuelo de éste desde que fuera rescatado del Triángulo del Diablo. Y había sido maravilloso, una misión ruidosa y muy animada, repleta de chistes de cagones húmedos y canciones. Pero habían vuelto con información valiosa, a pesar de la alarmante predicción de Otulissa de que no averiguarían nada si no dejaban de alborotar. Era así cómo las lechuzas llamaban a juguetear y perder el tiempo. Algunos jefes de brigada, Strix Struma entre ellos, jamás permitían que sus miembros alborotaran, pero Ezylryb era distinto, ya que creía que alborotar era bueno porque reforzaba la confianza y la camaradería.

Sin embargo, Otulissa, una joven cárabo manchado correcta y formal, detestaba alborotar en general y los chistes de cagones húmedos en particular. Se trataba de un debate interminable entre ella y Soren.

—Soren, no creo que compartir chistes de cagones húmedos con las gaviotas deba formar parte de una misión —acostumbraba a decirle.

Otulissa y Soren, miembros los dos de la brigada del tiempo, estaban posados en una rama en el exterior del comedor esperando a que Matron anunciara que el desayuno estaba listo. El desayuno era la comida que las aves rapaces nocturnas tomaban al final de la noche, justo antes del amanecer. Después, pasaban el resto de las horas del día durmiendo hasta que las sombras del atardecer empezaban a cernerse sobre la tierra y a oscurecer el cielo.

—Se puede aprender muchas cosas de las gaviotas, Otulissa —decía Soren.

—Siento tener que disentir. Tanto siseo, tanta carcajada y risita con su patético sentido del humor interrumpe las vibraciones de la presión frontal.

Los cárabos manchados como Otulissa eran célebres por su extraordinaria sensibilidad a la presión atmosférica derivada de los cambios del tiempo.

—Bueno, tú has captado que este vendaval iría seguido por una ventisca, y mira, está empezando a nevar. Así pues, no veo cómo ha podido perjudicar tu predicción.

—Soren, habría podido predecir con mucha mayor precisión cuándo y cuánto nevaría de no haber sido por todo ese alboroto. Además, los chistes de cagones húmedos no me parecen divertidos. Como aves rapaces nocturnas, todos nosotros deberíamos estar orgullosos de nuestro aparato digestivo y nuestro sistema único para eliminar residuos.

—¡Oh, no es más que regurgitar, por Glaux bendito!

Twilight, un enorme cárabo lapón que era uno de los mejores amigos de Soren, acababa de posarse en la rama junto a ellos.

—No es sólo regurgitar, Twilight —replicó Otulissa—. El hecho de que comprimamos los huesos y el pelo de desecho en unas bolitas pulcras es algo extraordinario en el reino de las aves. Que una parte tan pequeña de nuestros residuos sea líquida es excepcional. Regurgitar egagrópilas por el pico es magnífico.

—Todos los residuos son iguales —gruñó Twilight.

—Tengo frío —dijo Soren—. ¿Cuándo estará listo el desayuno? Por una vez, me gustaría tomar algo caliente.

Antes de una misión, los miembros de la brigada del tiempo no estaban autorizados a ingerir comida caliente. Ezylryb insistía en que tomaran su alimento crudo y con todo el «cabello» —como él lo llamaba— en la carne. Desde luego, los habitantes del Gran Árbol Ga'Hoole eran especiales por el hecho de comer caliente a menudo. La mayoría de las aves rapaces nocturnas consumían su alimento crudo y sanguinolento porque, a diferencia de las del Gran Árbol, desconocían las infinitas posibilidades del fuego. Las aves de Ga'Hoole disfrutaban de una civilización única en comparación con los demás reinos de lechuzas y otras rapaces nocturnas voladoras. Con su sabiduría, trataban de proteger la vida de sus semejantes de otros reinos. Pero últimamente los peligros habían aumentado de forma alarmante. Una de aquellas amenazas consistía en los perversos moradores de la Academia San Aegolius para Lechuzas Huérfanas, donde Soren había permanecido algún tiempo encerrado. Allí había conocido a su mejor amiga, Gylfie, una mochuelo duende. Y ahora existía un grupo aún más destructivo, el de los Puros. Había sido en el transcurso de la misión para rescatar a Ezylryb cuando Soren había averiguado que su propio hermano, Kludd, era el jefe de aquella facción.

Matron, una oronda lechuza campestre, asomó el pico por una abertura junto a la rama en la que Soren y los demás descansaban.

—¡El desayuno! —anunció alegremente.

—¡Por fin! —exclamó Soren.

—¡Oooh, murciélagos! ¡Huelo alas de murciélago asadas!

Gylfie llegó de repente.

—¿Dónde estabas? —preguntó Soren a la mochuelo duende.

—Ayudando a Octavia en la biblioteca —contestó Gylfie.

—¿Octavia en la biblioteca? ¿Por qué? —inquirió Soren.

—Órdenes de arriba, supongo. Teníamos que revisar y clasificar todos los libros sobre magnetismo superior y pepitas.

Soren sintió que se le encogía la molleja. Nunca se acostumbraría a oír la palabra «pepitas».

—Pero ¿Octavia? ¿Por qué Octavia? ¿De qué sirve una serpiente ciega en la biblioteca? No se ofenda, Señora P. —dijo Otulissa mientras se congregaban alrededor de la Señora Plithiver, otra serpiente ciega.

—No me ofendo, querida —repuso la serpiente de color rosáceo.

Durante siglos, las serpientes ciegas habían servido como criadas en los huecos de las lechuzas, limpiando los nidos de bichos y alimañas. En el Gran Árbol Ga'Hoole se ocupaban también de otras tareas, como servir de mesas sobre las que comían los jóvenes. Podían estirar su cuerpo con facilidad y rapidez para alojar a un buen número de comensales.

Respondiendo a la pregunta de Otulissa, Gylfie dijo:

—¿Por qué Octavia? Bueno, puede que sea ciega, pero ha servido a Ezylryb durante tanto tiempo que sabe los libros que él quiere del estante especialmente reservado a magnetismo superior. Y era demasiado trabajo para la bibliotecaria, quien no conoce la colección tan bien como Octavia, por lo menos no esos libros. Pero entonces, naturalmente, llegó Dewlap y empezó a darnos órdenes.

Todos suspiraron. Dewlap era la maestra, o instructora, más aburrida del Gran Árbol Ga'Hoole.

—¿Qué hacía ella en la biblioteca? —preguntó Soren—. El magnetismo superior no tiene nada que ver con la materia que enseña.

Otulissa ahuecó las plumas.

—Oh, no importa. No sé cómo deciros lo entusiasmada que estoy por estudiar magnetismo superior.

—Entonces no lo hagas —le espetó Twilight.

—Sí, ahórranoslo, sabihonda —murmuró Gylfie en un susurro apenas audible para Soren, quien se echó a reír.

Otulissa era muy inteligente y nadie lo negaba. Había sido la única que había averiguado cómo actuaba el Triángulo del Diablo y cómo destruirlo con fuego. También conocía las cualidades protectoras del metal mu que evitaban los peligros de las pepitas magnéticas. Pero no le daba vergüenza presumir de sus conocimientos y a veces se hacía pesada. Sobre todo ahora, cuando empezó a hablar de la larga relación de sus distinguidos parientes que eran todos eruditos, en particular su genial y difunta tataratía abuela, Strix Emerilla, quien había escrito innumerables libros científicos. La citaba sin parar. Al poco rato, los amigos reunidos en torno a la mesa de la Señora P. dejaron de prestarle atención y se centraron en sus propias conversaciones.

Gylfie se volvió hacia Soren y le susurró al oído:

—¿Te has dado cuenta de que ni Ezylryb ni los demás miembros del Parlamento están aquí?

Soren asintió.

—Bueno, algo gordo sucede —dijo Gylfie, y guiñó un ojo.

Soren experimentó una oleada de excitación. Gylfie debía de haber encontrado algo, se dijo, y él necesitaba distraerse. La vida no había sido la misma desde la espantosa revelación de que Kludd, su propio hermano, había atrapado a Ezylryb en el Triángulo del Diablo. Y Kludd, por si fuera poco, había jurado matarlo. Soren destinaba demasiado tiempo a recordar las horrendas imágenes de su hermano huyendo, con la cara abrasada mientras la máscara metálica se fundía, y gritando: «¡Muerte al impuro! ¡Muerte a Soren!». «Mi propio hermano —se dijo—. Mi propio hermano es Pico de Metal, y quiere matarme.»

Después de desayunar, los jóvenes abandonaron el comedor y se encaminaron hacia sus respectivos huecos. Fuera, la ventisca azotaba el Gran Árbol y el cielo se había tornado blanco a causa de los vientos huracanados. En una noche similar aquélla, en medio de una ventisca, Soren, Gylfie, Twilight y Digger habían llegado al Gran Árbol. Ahora, en cuanto los cuatro amigos y la hermana de Soren, Eglantine, se encontraron solos, Gylfie habló en voz baja:

—Como he dicho a Soren mientras desayunábamos, algo gordo ocurre.

—¿Cómo lo sabes? —preguntó Digger.

—Ninguno de los miembros del Parlamento estaba en el comedor. Tienen una reunión importante.

—¡Apuesto a que se preparan para la guerra! —exclamó Twilight—. Seguro que nos pondrán al mando de una división.

—No se trata de guerra, Twilight. Siento decepcionarte —dijo Gylfie.

En efecto, Twilight se sintió decepcionado. Le encantaba luchar y, con su sorprendente rapidez y ferocidad, había demostrado no tener rival.

—No, no se trata de guerra —repitió Gylfie—, sino de magnetismo superior.

—Oh, Glaux bendito —gruñó Twilight—. Qué lata. Como si no tuviéramos bastante con oír hablar a Otulissa de MS, como lo llama ahora.

—Es importante, Twilight. Debemos aprender sobre esta materia —intervino Digger.

—Ése es el problema —dijo Gylfie con un leve silbido—. Esta materia es tabú.

—¿Tabú? —exclamaron los otros tres al unísono.

—¿Qué significa «tabú»? —preguntó Soren.

—Tabú es conocimiento prohibido —contestó Gylfie.

Se hizo un profundo silencio en el hueco.

—¿Conocimiento prohibido? No, Gylfie —replicó Soren—. Debes de estar equivocada. En el Gran Árbol Ga'Hoole no hay nada que sea tabú. No es el estilo de los Guardianes. Jamás prohibirían el conocimiento. Sólo quieren que aprendamos.

—Quizá no lo prohíban para siempre, pero ahora mismo algunas cosas son tabú —precisó Gylfie.

—Bueno, pues no me gusta —dijo Soren con firmeza—. Estoy absolutamente en contra de que las cosas se declaren tabú.

—Yo también —agregó Twilight.

Digger parpadeó y luego, con la forma pausada de hablar que tenía cuando meditaba un problema, dijo:

—Sí, me parece horrible que oculten conocimientos a los polluelos jóvenes. Supongamos que no hubieran permitido a Otulissa leer aquel libro sobre el Triángulo del Diablo. Jamás habríamos podido liberar a Ezylryb.

—Creo que deberíamos ir a decirles que todo esto está mal —intervino Eglantine por primera vez.

—Antes de hacer nada —dijo Soren con voz firme—, creo que debemos averiguarlo con certeza.

—¿Te refieres a las raíces, Soren? —preguntó Gylfie.

—Es así cómo tú lo descubriste, ¿verdad, Gylfie? —repuso Soren.

Gylfie asintió. Estaba algo avergonzada, pues aquello equivalía a reconocer que se había dedicado a la actividad, poco digna de admiración, de escuchar a escondidas lo que se decía en el Parlamento.

Miles de pasillos interiores serpenteaban a través del Gran Árbol Ga'Hoole y, unos meses antes, Gylfie, a quien le costaba trabajo conciliar el sueño y se levantaba a menudo a dar un paseo por el árbol, había descubierto un lugar entre las raíces donde se producía un curioso fenómeno. En un punto concreto la madera tenía unas determinadas características que permitían que los sonidos procedentes del Parlamento resonaran entre las raíces. Acceder hasta allí entrañaba su riesgo, por cuanto las raíces eran enormes y formaban una espesa maraña, pero Soren y sus amigos habían encontrado un sitio idóneo desde el que escuchar.

—¡Oh, estoy muy emocionada! —Eglantine prácticamente daba saltos—. Os he oído hablar de ir a las raíces, pero nunca he estado allí. Me muero de ganas de ir.

Se produjo un repentino silencio mientras los demás se miraban unos a otros.

—No estaréis pensando en dejarme, ¿verdad? Ni se os ocurra hacerlo. ¡No es justo! —exclamó Eglantine con desesperación.

—No lo sé, Eglantine —dijo Soren—. Quiero decir,

antes que nada deberías prometer que no se lo contarás a Primrose.

Primrose, una mochuelo chico, era la mejor amiga de Eglantine, y ésta se lo explicaba todo.

—No lo haré, lo prometo. Escuchad, de no haber sido por mí, no habría empezado todo este asunto del magnetismo superior —recordó Eglantine.

Era verdad. Los Puros la habían capturado, la habían encerrado en la cripta de piedra de un castillo en ruinas y la habían expuesto a las fuerzas de las pepitas, de modo que de no haber sido por ella nada de aquello habría llegado a ocurrir.

—Está bien, de acuerdo —dijo finalmente Soren—. Pero ni una palabra de esto a nadie. ¿Lo prometes?

—Lo prometo.

La joven lechuza común asintió solemnemente con su hermosa cara en forma de corazón.

CAPÍTULO 4

¡¡Me cago en el tabú!!

No creo que enseñar a estos jóvenes tan impresionables acerca de temas como éste sea realmente útil a largo plazo. El magnetismo superior es una cuestión extraña. Nosotros mismos no hemos hecho más que empezar a entenderlo.

Quien así hablaba era Dewlap, la instructora de Ga'Hoolología.

Los cinco jóvenes estaban posados entre las raíces, escuchando el debate del Parlamento. Soren estaba a punto de estallar. Desde luego que el magnetismo superior era una cuestión extraña, sobre todo comparado con Ga'Hoolología, que era una de las asignaturas y brigadas más aburridas del Gran Árbol Ga'Hoole. La Ga'Hoolología tenía su importancia, pues enseñaba los procesos del propio árbol y la mejor forma de mantener el entorno sano y floreciente, pero no por eso dejaba de ser aburrida.

En aquel debate, Dewlap y Elvan, otro instructor, eran partidarios del tabú, mientras que Ezylryb y Bubo, el herrero del Gran Árbol Ga'Hoole, se pronunciaban en contra. Strix Struma, por su parte, estaba indecisa. De repente, los cinco amigos se percataron de otra presencia. Percibieron una sombra que se deslizaba sobre ellos en aquel lugar, el más oscuro del árbol, y se quedaron helados. Todos volvieron la cabeza al mismo tiempo. ¡Era Otulissa!

¿Qué hacía allí? Soren estaba furioso. «¡Excrepaches!», pensó. Entonces Twilight articuló en silencio las palabras que todos estaban pensando. «¡Me saca de quicio!» «Excrepaches» y «sacar de quicio» eran dos de las peores groserías que un ave rapaz nocturna podía pronunciar. Sólo había una peor: «cagar», pero nadie lo decía nunca. Ni siquiera Twilight. Si alguien pronunciaba tales palabras en el comedor, era expulsado al instante. Pero Otulissa parecía impasible. Se limitó a llevarse una garra al pico para advertir a Twilight que no hiciera ningún ruido. Soren se calmó. No había absolutamente nada que pudiera hacer al respecto. Seguirían escuchando mientras continuaba el debate.

—El magnetismo superior no es una ciencia —decía Dewlap—. Es magia negra, una de las artes oscuras. Y ese libro, *Pepitasia y otros trastornos de la molleja*, así lo dice, y debe retirarse inmediatamente de las estanterías.

—¡Falso! —atronó una voz, haciendo vibrar las raíces hasta el punto de que la pequeña Gylfie estuvo a punto de caerse de su percha. Era Ezylryb—. En primer lugar, con el debido respeto, Dewlap, debo discrepar de la expresión «magia negra». Lo empleas de un modo burlón, como si algo que es negro fuera negativo. ¿Cómo puede entenderse la oscuridad que impera en nuestro mundo nocturno como algo negativo o menos bueno? ¿Acaso no es en las tinieblas que nos animamos, que alzamos el vuelo para cazar, para encontrar, para explorar, para defender y para desafiar? Es en la oscuridad que nuestra auténtica nobleza empieza a florecer. Como las flores que se abren a la luz del sol, nosotros nos abrimos a la negrura. Así pues, basta de expresiones como «magia negra». Ni es negra, ni es magia. Es ciencia. Una ciencia que no comprendemos del todo.

—¡Muy bien, nos debes una explicación, Otulissa! —exigió Soren cuando hubieron regresado al hueco—. Nos has seguido. ¿Quién te ha dado permiso?

Pero Otulissa lo interrumpió.

—¿Quién os ha dado permiso a vosotros para escuchar a escondidas? —espetó.

—Eso no importa —repuso Soren—. ¿Por qué nos sigues?

—Tengo tanto derecho como el que más. No quiero ser excluida. Volé con vosotros para rescatar a Ezylryb, y lo sabes. ¿Y quién descubrió el Triángulo del Diablo?

Dímelo. ¿Y quién sabía algo del metal mu? Dímelo. Por no mencionar que era yo quien sabía que el fuego destruye las propiedades magnéticas. Así pues, ¿quién tiene más derecho a saber sobre magnetismo superior?

Digger dio un paso al frente.

—Tú... —se limitó a decir. Otulissa suspiró con alivio—. Además —añadió, pero hizo una pausa—. Creo sinceramente que ninguna ave rapaz nocturna tiene más derecho que otra a saber algo. ¿No es por eso que nos oponemos a ese asunto del tabú, por nuestro derecho a saber? Todos deberíamos saber. —Sobre el grupo había caído el silencio cuando Digger añadió—: Ahora dinos, ¿qué crees que hay de tabú en el magnetismo superior, y por qué no quieren que nos enteremos de ello? ¿De qué tienen miedo?

—No lo sé muy bien. Creo que seguramente tiene algo que ver con... —Otulissa vaciló—. Bueno, con lo que le ocurrió a Eglantine después de la Gran Caída..., a su mente, a su molleja.

—¿Fue distinto de lo que le pasó a Ezylryb? —quiso saber Soren.

—Sí, eso creo. Ezylryb sólo perdió el sentido de la orientación. No podía navegar, mientras que Eglantine...

Otulissa se volvió hacia ella.

—No podía sentir. Era como de piedra..., como las criptas en las que nos tenían encerrados —explicó Eglantine.

—Entonces ¿por qué no quieren que nos enteremos de esto? —preguntó Soren.

—Lo ignoro. Quizá porque ellos mismos no saben mucho de eso —contestó Otulissa.

—Bien —dijo Soren—. ¿Qué hacemos al respecto?

—Debemos hacerles frente —afirmó Twilight—. Yo no valgo mucho para estudiar libros, pero no me agrada la idea de que alguien me diga que no puedo aprender algo. Hace que tenga más ganas de aprenderlo.

—Pero si les hacemos frente —objetó Gylfie—, tendremos el mismo problema que antes.

—¿Cuál? —preguntó Otulissa.

—La última vez que escuchamos en las raíces, el verano pasado, averiguamos algo y quisimos hablar de ello, pero no pudimos hacerlo porque habríamos tenido que admitir que habíamos estado espiando y nos habríamos metido en un buen lío —explicó Gylfie.

—Hummm. —Otulissa cerró los ojos mientras pensaba unos instantes—. Comprendo el problema. —Luego, de repente, los abrió. El brillo ambarino de sus iris destelló con un nuevo resplandor—. Tengo una idea. ¿Recordáis ese libro del que hablaban, el que querían que retiraran de las estanterías, *Pepitasia y otros trastornos de la molleja?*

—Sí —respondió Soren.

—Bueno, ¿y si voy a la biblioteca y le pido a la bibliotecaria que me lo traiga? —sugirió Otulissa—. Así veremos qué ocurre. Será un caso que siente jurisprudencia, por así decirlo.

Los demás se miraron unos a otros. Otulissa era inteligente. Y aquélla era una excelente idea.

De modo que planearon que al acercarse la hora intermedia, cuando el último atisbo de la luz solar comenzaba a desvanecerse y las primeras sombras del crepúsculo se cernían, todos irían a la biblioteca y Otulissa pediría el libro prohibido. Desde luego, no entrarían todos a la vez. Soren y Gylfie ya estarían allí, y Otulissa llegaría con Eglantine y Digger. Decidieron que Twilight no estuviera presente porque rara vez aparecía por la biblioteca. Soren se preguntaba si Ezylryb se encontraría allí, como hacía a menudo. ¿Qué diría cuando Otulissa solicitara el libro?

La idea de que existieran libros prohibidos repugnaba a Soren. En San Aegolius todos los libros estaban prohibidos. No se permitía entrar en la biblioteca a nadie excepto a Skench y Spoorn, los brutales jefes de la academia. ¡Academia! Menudo nombre. Nadie había aprendido allí nada que no fuera convertirse en un esclavo y dejar de pensar.

Soren y Gylfie apenas podían concentrarse en los mapas meteorológicos que estudiaban en el atlas del tiempo Ga'Hooliano. Ezylryb se hallaba en la biblioteca, encerrado en su acostumbrada reserva y sentado a su mesa especial. El único sonido procedente de aquella mesa era el crujido de las orugas secas que mascaba mientras leía. Era la más inescrutable de todas las aves y muy raramente manifestaba algo que pudiera calificarse de emoción. Aun así, Soren se sentía atraído por él. Quería al viejo autillo bigotudo porque Ezylryb había sido el primero en fijarse en él y considerarlo algo más que un polluelo de lechuza común huérfano, más que un jovenzuelo marcado por los horrores de San Aegolius. Ezylryb había visto a Soren como una lechuza auténtica e inteligente que aprendía cosas no sólo a través de los libros y la información que recibía de sus instructores, sino también de su molleja. La intuición de la molleja era, según Ezylryb, una forma de pensamiento misteriosa que iba más allá del razonamiento normal y mediante la cual las aves rapaces nocturnas percibían la realidad de inmediato.

Gylfie dio un golpecito a Soren y éste levantó la mirada. Otulissa acababa de entrar en la biblioteca con Eglantine. También Dewlap había aparecido de repente con la bibliotecaria detrás de la mesa de préstamos. Soren sintió que se le revolvía la molleja al ver cómo a Otulissa se le encogían las plumas, algo que acostumbran hacer las aves rapaces nocturnas cuando tienen miedo. Le pareció que la cárabo manchado disminuía de tamaño. Pero luego Soren vio un brillo intenso en el ámbar de sus ojos, y el plumaje de Otulissa pareció hincharse ligeramente mientras recorría el corto trecho que la separaba de la mesa.

—Bibliotecaria, ¿tendría la bondad de buscarme un libro que no puedo encontrar en las estanterías?

—Desde luego, querida. ¿Cuál es el título?

—*Pepitasia y otros trastornos de la molleja.*

Se hizo un silencio absoluto en la biblioteca. Surgió espeso como la niebla en una noche húmeda de verano. Soren levantó la vista hacia Ezylryb, quien miraba directamente a Dewlap. Sus ojos se clavaban en ella como dos puntas afiladas de luz dorada.

—Voy a ver si lo encuentro —balbució la bibliotecaria.

—Oh, no, bibliotecaria —dijo Dewlap—. Ése es uno de los libros que se han retirado temporalmente de las estanterías hasta que el Parlamento haya tomado ciertas decisiones.

—¿Libros retirados? ¿Decisiones? ¿Desde cuándo existen decisiones acerca de los libros que quiero leer?

Otulissa se irguió en toda su estatura. Ahora tenía las plumas completamente hinchadas. Su plumaje adoptó un aspecto que solía asociarse con una actitud de ataque. Parecía enorme.

—Hay muchos otros libros excelentes que puedes leer, querida —dijo Dewlap en voz baja.

—Pero yo quiero leer ese libro —replicó Otulissa. Se detuvo un segundo—. Strix Emerilla, uno de mis distinguidos antepasados, la célebre meteoróloga que ha escrito varios libros sobre presión atmosférica y turbulencias meteorológicas, lo menciona.

Dewlap la interrumpió.

—El libro que has pedido no tiene nada que ver con el tiempo.

—Es posible. Pero verá, Strix Emerilla poseía una mente muy amplia, y creo que mencionaba ese libro refiriéndose a una posible relación entre los trastornos de la molleja y las variaciones en la presión atmosférica.

—¿Y qué? —dijo Dewlap.

—Pues yo también poseo una mente amplia. Ahora, por favor, ¿me trae el libro?

«Glaux bendiga a Strix Emerilla», pensó Soren. Si alguien le hubiera dicho que daría gracias a Strix Emerilla, a quien Otulissa sacaba a colación siempre que podía, lo habría tomado por un chiflado.

—Lo lamento mucho, querida, pero es del todo imposible. Ese libro ha sido declarado provisionalmente tabú —explicó Dewlap con gazmoñería, y devolvió su atención a la lista que estaba confeccionando.

—¡Tabú! —exclamó Otulissa.

Había tanta emoción en su voz que todos los presentes en la biblioteca levantaron la vista, alarmados.

—Sí, tabú.

La voz de Dewlap había adoptado un tono de cierta irritación.

—No hay nada más ordinario, menos noble, más vil, menos inteligente, más común y absolutamente vulgar que declarar tabú la palabra escrita —farfulló Otulissa—. Es propio de una categoría muy baja.

—Aun así, ese libro es tabú —gruñó Dewlap.

Entonces Otulissa se infló hasta el doble de su tamaño normal.

—Pues bien, ¡me cago en el tabú!

CAPÍTULO 5

Una misión terrorífica

S e ha desmayado? ¿Es verdad que Dewlap se ha desmayado? —dijo Twilight con atónita incredulidad.

—Sí, se la han llevado a la enfermería —afirmó Soren.

Soren, Gylfie, Twilight, Digger y Eglantine volvieron la cabeza hacia Otulissa, quien se mantenía inmóvil exceptuando los temblores de su pico.

—No me arrepiento de nada de lo que he dicho. Ni siquiera de la palabra que ya sabéis. Los tabús son algo muy vulgar, y se oponen a todo lo que son los Guardianes de Ga'Hoole y a todo lo que defienden. No me importa que me impongan una fregona de pedernal por esto. Me da igual que me suspendan de brigada.

Los demás parpadearon horrorizados. Ganarse una fregona de pedernal, que era la forma de castigo habitual en el Gran Árbol, implicaba ser suspendido de brigada, algo que para las aves de Ga'Hoole suponía la mayor humillación, pues consistía en verse expulsado por un período indefinido de la brigada a la que se pertenecía.

Los cinco amigos habían regresado a su hueco después del episodio en la biblioteca. También Otulissa los había acompañado, y ahora la observaban con temor y admiración. Aquella cárabo manchado tan remilgada y formal no sólo había pronunciado la peor palabrota del vocabulario de Ga'Hoole, sino que además se la había dicho a una instructora. ¿Qué le ocurriría? No podían más que firgurárselo.

De repente, la jefa del Parlamento asomó la cabeza dentro del hueco.

—¡Todos vosotros debéis comparecer en el Parlamento inmediatamente! —No parecía estar contenta—. Excepto Eglantine; ella puede quedarse.

«¡Ay, Glaux!», pensaron todos.

—¿Por qué no puedo ir yo? —preguntó Eglantine con voz temblorosa—. Quiero que me incluyan.

—¿Quieres que te incluyan en una fregona de pedernal? —se extrañó Twilight—. Quizá no lo recuerdes, pero la última fregona de pedernal que nos impusieron consistió en enterrar pepitas para Dewlap durante tres días. También te excluyeron de eso, y créeme, tuviste suerte.

Mientras se encaminaban hacia la sala del Parlamento, Gylfie murmuró:

—Glaux bendito, vamos a estar enterrando pepitas hasta el verano que viene.

—Tú no has pronunciado esa palabra, sino yo —le recordó Otulissa—. Me ha salido sin querer. Me he quedado patidifusa. —Pero se apresuró a agregar—: Aun así, ¡me alegro de haberla dicho!

En el fondo, todos se alegraban de que lo hubiera hecho. Había algo muy injusto en todo aquello de los tabús. En opinión de Soren, no casaba con los valores de Ga'Hoole. «Es un asunto espinoso —pensó—. Sí, ¡bien por Otulissa!»

Cuando los hicieron pasar a la sala del Parlamento, Dewlap no se encontraba allí. Sólo estaban presentes Ezylryb, Boron y su pareja, Barran, los dos búhos nivales que eran los monarcas del árbol. Y, para sorpresa de Soren, otros dos miembros de la brigada del tiempo: Ruby, una lechuza campestre que era la que mejor volaba de la brigada, y Martin, un diminuto ejemplar de lechuza norteña que era la pareja de vuelo de Soren.

«¿Qué ocurre aquí? ¿Por qué están Ruby y Martin?» Consternado, Soren los miró parpadeando, y tampoco ellos parecían entender por qué los habían llamado.

Barran tosió varias veces para aclararse la voz y empezó a hablar.

—Vosotros siete habéis sido llamados a comparecer aquí por un motivo.

El terror paralizó sus mollejas. ¿De qué se trataba? ¿De enterrar pepitas? ¿O los suspenderían de brigada?

Boron tomó la palabra.

—Vosotros siete reunís una interesante combinación de talentos. —Hizo una pausa—. Como se demostró en el extraordinario rescate de Ezylryb. —Éste asintió y pareció mirar fijamente a Soren—. Hay quien ha llegado a referirse a vosotros como «la brigada de brigadas».

Soren estuvo a punto de soltar un chasquido, y sintió un pequeño espasmo de emoción en su molleja.

—Iré al grano —prosiguió Boron—. Ahora se requieren vuestros talentos especiales como brigada de brigadas.

Habría podido oírse caer una brizna de hierba en la sala del Parlamento.

«Por Glaux —pensó Soren—, si Twilight sale hablando de guerra y garras de combate, le daré un golpe de ala.» Lo cierto es que el cárabo lapón no pensaba en otra cosa. Pero, claro, él era genial en la batalla.

Entonces dio la impresión de que Barran hubiese leído a Soren el pensamiento, pues giró la cabeza y clavó en Twilight una mirada penetrante. La luz de sus ojos amarillos se asemejaba a agujas doradas, brillantes y puntiagudas.

—En cierto modo, es algo mucho más peligroso que la guerra. Aunque lo que está en juego es lo mismo, ya que podríais encontrar la muerte.

Soren y sus amigos contuvieron la respiración durante los segundos siguientes.

—Vuestra misión consiste en introduciros en la Academia San Aegolius para Lechuzas Huérfanas.

«¿Qué? —pensó Soren—. ¿Volver allí?» Él y Gylfie estaban horrorizados.

Ambos estuvieron a punto de caerse de sus posaderos en el Parlamento. Se les pedía que regresaran al lugar que había intentado destruir su personalidad y su voluntad a través de los brutales procedimientos llamados ofuscación de luna y escaldadura de luna.

—Tenemos motivos para creer que un peligroso grupo de aves rapaces nocturnas, que se autodenominan los Puros, posiblemente ya se ha infiltrado en San Aegolius con la intención de hacerse con sus enormes reservas de pepitas. Hemos recibido informes secretos desde Ambala que así lo insinúan —explicó Boron.

—¿Ambala? —dijo Digger—. ¿No es allí donde estaba el confidente, el cárabo de franjas?

—Estaba, en efecto —repuso Boron—. Como sabéis, fue asesinado. Durante estos últimos meses hemos estado intentando ganarnos a una nueva confidente. Es bastante débil y muy excéntrica. La llaman Mist, y es perfectamente apta para este trabajo porque a causa de un extraño accidente, un *shock* casi terminal en su molleja, ha perdido toda su coloración. Sus plumas han adoptado un gris pálido muy parecido a la niebla. Algunos la confunden con un espectro. Pero no lo es. No vuela bien; sin embargo posee unas aptitudes de observación increíbles. Los informes que ha estado enviando con relación a los Puros son de lo más inquietantes.

Soren parpadeó.

—¿Por qué?

—Quieren pepitas —contestó Barran—, y San Aegolius cuenta con el mayor depósito que existe. Pero Mist cree que su interés va más allá de las pepitas, y eso es lo que deseamos que averigüéis. Las dos mayores amenazas para los reinos de las lechuzas y otras aves rapaces nocturnas son San Aegolius y los Puros. La sola idea de que se unan en una especie de gran perversión... —Barran vaciló—. Eso hiela la molleja, por decirlo con suavidad.

Entonces continuó Boron.

—Así pues, ya veis lo importantes que sois los siete. Confiamos en vosotros. Ahora la pregunta es: ¿aceptaréis esta misión?

Los amigos estaban atónitos. Habían entrado esperando una reprimenda o una fregona de pedernal y, en su lugar, les habían encomendado aquella importante misión. Soren sintió la mirada de Ezylryb fija en él. Boron volvió a hablar:

—Soren y Gylfie, somos conscientes de que regresar a San Aegolius os resultará muy difícil.

—Sí —respondió Soren con cautela—. Pero, Boron, ¿no nos reconocerán?

—¡Jamás! —se apresuró a decir Barran—. Tú eras

un polluelo cuando estuviste allí. Aún no te habían salido las plumas de vuelo, ni tenías la cara blanca, y medías la mitad de tu tamaño actual. También tú, Gylfie, tenías un aspecto muy distinto.

—Además —Ezylryb intervino por vez primera—, como sabéis bien los dos, las aves de San Aegolius son estúpidas. —Hizo una pausa—. Pero, aun así, necesitaréis una tapadera.

—¿Una tapadera? —preguntó Martin.

—Sí, de dónde procedéis, por qué estáis allí —explicó Ezylryb.

Otulissa levantó una pata para pedir la palabra.

—¿Podemos decir algo así como que nos hartamos del Gran Árbol Ga'Hoole? Que no confiábamos en los guardianes..., algo por el estilo.

—No —le espetó Ezylryb—. Jamás os creerían. Levantaríais sus sospechas si pensaran que tenéis algo que ver con el Gran Árbol. Debéis proceder de un lugar del que apenas sepan nada.

Soren se dio cuenta de repente de que Ezylryb ya había elaborado toda una tapadera.

—¿Un lugar como cuál? —inquirió Soren.

—Un lugar como los Reinos del Norte —respondió Ezylryb.

—Espere un momento, Ezylryb. —Digger había levantado una ala para hablar—. Gylfie y yo somos mochuelos del desierto. Las posibilidades de que procedamos de los Reinos del Norte son casi nulas.

—Ya lo he resuelto —replicó Ezylryb.

«Lo suponía», pensó Soren, parpadeando.

Ezylryb continuó, pero no permaneció inmóvil sobre la percha. Empezó a revolotear sobre sus cabezas.

—El pasado verano, antes de ciertos sucesos desgraciados como la Gran Caída y mi propio apresamiento en el Triángulo del Diablo, había comenzado una serie de experimentos de interpretación del tiempo. Mi intención inicial era recopilar información sobre partículas y subpartículas atmosféricas en relación con los fenómenos que conocemos como la Aurora Glaucora, esos magníficos colores que aparecen en el cielo estival cuando cae la noche y allá arriba todo parece palpitar con luces maravillosas. Hubo una este verano, si no recuerdo mal, hacia la época de mi apresamiento. Bien, como suele ocurrir en cualquier investigación científica, uno se propone resolver un problema y, por casualidad y feliz coincidencia, acaba por encontrar la solución a otro completamente distinto. Lo que descubrí fue un nuevo método para detectar turbulencias lejanas.

—¡Turbulencias! —exclamaron al unísono Soren, Gylfie, Twilight y Digger.

—¡Ya sabemos qué son las turbulencias! —dijo Gylfie.

—Oh, de modo que lo sabéis, ¿eh?

Había un siseo, una especie de risilla, en la voz de Ezylryb.

—Sí, señor —prosiguió Gylfie—. En nuestro viaje

al Gran Árbol Ga'Hoole, creíamos que íbamos bien encaminados hacia la isla cuando por alguna razón nos vimos arrastrados hasta los Estrechos de Hielo...

La voz de Gylfie empezó a apagarse a medida que comprendía.

Esta vez Ezylryb se echó a reír de veras.

—¡Ajá! —exclamó—. ¡Empiezas a entenderlo! Sí, es así cómo las aves del desierto llegan a los Reinos del Norte, ¿sabéis? Son arrastrados por el viento hasta allí. Pues ¿qué es una turbulencia sino un viento irregular y violento?

—¡Qué listo es! —dijo Otulissa, con la voz impregnada de admiración.

—Los vientos son erráticos. Se trata fundamentalmente de una anomalía de inversión térmica. Es decir, para resumir una larga historia, ya tenéis vuestra tapadera. Todos vosotros fuisteis arrastrados hasta los Reinos del Norte —concluyó Ezylryb.

—¿Qué más? —preguntó Soren.

Ezylryb dejó de volar y se posó junto a Soren.

—Sí, ¿qué más? Tal vez Gylfie y Digger, debido a sus orígenes desérticos, no se sentían a gusto en aquel lugar tan frío. Y los otros cinco estabais hartos de la guerra de clanes que allí reinaba. Caudillos enfrentándose entre sí. Muy desorganizado. Desorganizado es una palabra clave que debéis utilizar con las lechuzas de San Aegolius.

—¡Oh, sí! —exclamó Gylfie.

Si había algo de lo que se enorgullecían en San Aegolius era de su organización y eficiencia.

Ezylryb continuó:

—Tenéis que decir que el sistema de clanes os parecía un método ineficaz y engorroso de organización social y militar. —El viejo autillo bigotudo hizo una pausa—. Pero si mencionáis los Reinos del Norte, la tierra de las Grandes Aguas del Norte de la que yo procedo, todas las aves de San Aegolius se sentirán intrigadas. Es la última frontera que conquistar. Si alguien dice que ha estado allí, todos se mueren de curiosidad por saber lo que ha visto o experimentado. Y si insinuáis que los Reinos del Norte podrían ser vulnerables, seréis bien recibidos.

—Pero no podemos fingir. Quiero decir, nosotros sólo llegamos hasta los Estrechos de Hielo. No sabemos tanto sobre los Reinos del Norte —objetó Gylfie.

—Lo sabréis en cuanto haya terminado con vosotros —dijo Ezylryb, rotundo.

Los siete jóvenes intercambiaron miradas nerviosas. Entonces Boron tomó la palabra de nuevo:

—Los siete deberéis presentaros en la oquedad de Ezylryb todos los días de la semana que viene. Durante ese tiempo, él os dará clases intensivas sobre la historia y la cultura de los Reinos del Norte.

Soren se percató de que Otulissa se hinchaba de emoción ante la perspectiva de afrontar otro reto intelectual.

—No puedo recalcar suficientemente la necesidad de absoluta discreción. Nadie debe saber nada de esta misión. No ha de salir ni una sola palabra de las paredes de esta sala o de la oquedad de Ezylryb —advirtió Boron.

—¿Y nuestro hueco? —preguntó Soren. Pensaba en su hermana Eglantine. Resultaría difícil ocultárselo—. Y cuando estemos con Ezylryb, ¿los instructores de nuestras clases habituales no detectarán nuestra ausencia?

—Ya hemos pensado en eso —contestó Barran—. Con respecto a Eglantine, nos hemos percatado, al igual que vosotros, de que vuestro hueco está un poco abarrotado con cinco aves allí dentro, y Primrose, que se siente sola en el suyo desde que aquella lechuza enmascarada de la Gran Caída murió de diarrea estival, ha preguntado una y otra vez si Eglantine podría irse a vivir con ella porque son muy buenas amigas. Soren, creo que a tu hermana le gustaría, pero teme hacerte daño. La verdad, me parece que se sentiría más a gusto con Primrose, pues son más o menos de la misma edad. La convenceré de que se traslade. Le diré que lo hemos hablado contigo y que lo entiendes.

Entonces Barran se volvió hacia Otulissa, Ruby y Martin.

—El caso de vosotros tres es distinto. No podemos trasladar a todo el mundo sin levantar sospechas. Con vuestros compañeros de hueco, deberéis ser lo más discretos que podáis.

—Bueno, en cuanto a la tapadera para vuestra ausencia..., dejadla de nuestra cuenta —dijo Boron—. Ezylryb está ideando un supuesto experimento científico meteorológico que requerirá el transporte de cierto material hasta una zona situada al otro lado del mar de Hoolemere. La ejecución de ese experimento precisa las aptitudes de los miembros de varias brigadas. ¿Es así, Ezylryb?

El viejo autillo bigotudo asintió.

—Entonces creo que bastará con esto —prosiguió Boron—. Ahora podéis iros, pero, por favor, presentaos directamente a Ezylryb a la hora intermedia para vuestra primera lección de historia de los Reinos del Norte.

Los siete amigos empezaron a abandonar la sala del Parlamento.

—Un momento, jovencitos —dijo Ezylryb—. Tengo algo para Otulissa. —Ésta parpadeó y se volvió hacia el jefe de su brigada—. Creo que andabas buscando esto.

Con su pata de tres garras, mutilada en una antigua batalla, Ezylryb sujetaba el libro *Pepitasia y otros trastornos de la molleja*.

Otulissa dio un respingo.

—¿De verdad?

Parpadeó, incrédula, mientras el instructor extendía sus garras con el libro prohibido.

—Sí..., de verdad, Otulissa. Y estoy de acuerdo contigo: me cago en los tabús.

Barran dio un respingo y Boron hizo una mueca. Pero no dijeron nada mientras el sonido de aquella grosería reverberaba en la sala.

CAPÍTULO 6

Aprendiendo de memoria y de molleja

Está el hueco de Lyze, en la Isla de las Tempestades, es decir, el clan de Ezylryb. Luego está el hueco de Snarth en los Tridentes, un grupo de tres islotes. Luego está...

Ruby emitió un siseo profundo y triste, a mitad de camino entre un suspiro y un sollozo.

—Jamás me aprenderé toda esta historia. Hay tantos clanes y tantas islas que no me acaba de quedar claro qué está en la Liga de Kiel y qué está en la Liga de las Garras de Hielo. Es demasiado.

Por supuesto, Otulissa se había aprendido todas las dinastías de los Reinos del Norte, las grandes batallas, los héroes y los villanos. Había memorizado fragmentos del largo poema narrativo *Yigdaldish Ga'far*, que relataba las aventuras épicas del gran búho nival Proud-foot y un búho real llamado Hot Peak. Pero los demás se sentían un tanto torpes en comparación con ella, especialmente Ruby, que no era muy estudiosa y le costaba trabajo pronunciar algunas de las palabras que figuraban en los libros que Ezylryb les hacía leer. Afirmaba que ciertos vocablos se le atascaban en la siringe.

—Esas palabras parecen piedras. Suenan como si uno se atragantara.

Soren pensó que Ruby tenía razón. Aquellos términos resultaban difíciles de decir, y muchos tenían sonidos ásperos y profundos. Pero de repente se le ocurrió otra idea.

—No sé si deberíamos conocer tan bien todo esto. Se supone que no nacimos ni nos criamos en los Reinos del Norte. Recordad que sólo llegamos allí por casualidad, gracias a una turbulencia. Podría parecer extraño que supiéramos toda esta historia como si fuéramos...

—¿Godos cavernícolas? —preguntó Otulissa—. Ésa es la expresión que usan los habitantes de los Reinos del Norte para designar a los nativos.

Soren y Gylfie se miraron parpadeando. «Esta cárabo manchado es increíble —pensó Soren—. ¿No descansará nunca?»

—Creo que Soren tiene razón —intervino Digger—. ¿Cómo podemos haber aprendido toda esta materia si sólo nos desviamos de rumbo? De hecho, Otulissa, deberás andarte con cuidado.

—¿Andarme con cuidado? —Otulissa parpadeó con rapidez—. ¿A qué te refieres?

Twilight se le acercó y movió la cabeza hacia delante.

—¡Se refiere a que cierres el pico!

Otulissa se mostró cariacontecida.

—Oh..., oh —dijo en voz baja—. Ya lo entiendo. Sí, podrían pensar que somos godos cavernícolas en lugar de unas aves extraviadas. —Hizo una pausa—. Sin embargo, he aprendido muchas cosas.

—Bueno, estoy seguro de que podrás utilizarlas en alguna ocasión, Otulissa —dijo Soren. En realidad la compadecía un poco—. Y creo que podemos hablarles mucho del tema militar que Ezylryb mencionó. Quiero decir que él dijo que debíamos fingir que habíamos encontrado cierta debilidad. ¿Cómo lo expresó, Gylfie?

—Dijo que debíamos contar algo en el sentido de que el sistema de clanes nos parecía un método ineficaz y engorroso de organización social y militar. Recordad que las aves de San Aegolius nunca han estado en los Reinos del Norte, de modo que se van a creer cuanto les digamos. —Gylfie hizo una pausa—. Pero ¿sabéis qué es aún más importante que todos aprendáis? ¿La lección más importante de todas?

—¿De qué se trata? —preguntó Martin.

Gylfie miró a Soren y parpadeó. Éste adivinó lo que se avecinaba.

—Cómo evitar la ofuscación de luna.

Cuando Soren y Gylfie fueron raptados por las patrullas de San Aegolius, se asustaron al encontrar en la academia aves que ya no dormían durante el día. En una inversión completa del ciclo normal, a aquellos polluelos se los obligaba a dormir de noche. Además, durante el período nocturno, se los despertaba cada cierto tiempo para que ejecutaran el desfile del sueño bajo el resplandor de la luna naciente. Soren y Gylfie no tardaron en averiguar que la finalidad de aquel desfile era conseguir que cientos de polluelos giraran a la luz de la luna sin que pudiesen resguardarse mucho tiempo en las sombras. Era sabido entre las aves rapaces nocturnas de mayor edad que dormir con la cabeza expuesta a la intensidad de la luz lunar, sobre todo de la luna llena, afectaba de un modo peculiar la molleja y la mente de las lechuzas, y el resto de las aves rapaces nocturnas especialmente de las más jóvenes e impresionables. A través de misteriosos procesos, su personalidad empezaba a desintegrarse, perdían todo sentido de su singularidad y su voluntad terminaba por desvanecerse.

Para acelerar este proceso, a cada polluelo se le asignaba un número en lugar de su nombre. Mientras desfilaban, se les ordenaba que repitieran su antiguo nombre sin cesar. Un nombre, o una palabra, que se repite incesantemente se descompone en sonidos sin sentido. Deja de ser un nombre. No es más que una sucesión de ruidos carente de significado. Así pues, Gylfie y Soren fingieron pronunciar su nombre mientras desfilaban, pero en su lugar repetían su número asignado. De este modo sus números perdieron su sentido, pero no sus nombres.

Soren y Gylfie habían recurrido también a otros trucos, algunos más arriesgados que otros. Pero la estratagema más efectiva de todas para resistirse a la ofuscación de luna había consistido en susurrar en silencio las leyendas de Ga'Hoole. En aquel momento de sus vidas, Gylfie y Soren creían que sólo recitaban historias. No tenían ni idea de que el Gran Árbol Ga'Hoole existía realmente ni de que aquellos relatos eran ciertos. Repitiéndolos, ambos lograron resistir a la ofuscación de luna e incluso a la escaldadura de luna, que era mucho más dañina.

Así pues, se tomaron muy en serio enseñar aquellas tretas a sus compañeros y asignaron a cada uno de ellos una o dos historias del ciclo ga'hooliano para que las recordara y las recitara susurrando para sí y para los demás. Soren creía que, si uno se sabía el relato lo suficiente, no tendría necesidad de pronunciar las palabras en voz alta. La historia empezaba a cobrar vida en su interior, dentro de su molleja, hasta que cada polluelo se convertía en guardián de su relato.

A Ruby le resultó mucho más fácil recordar las historias de Ga'Hoole que identificar y memorizar los clanes de los Reinos del Norte. Puesto que era la mejor voladora del grupo y una carbonera excelente, se le encomendó la misión de narrar los cuentos relacionados con incendios forestales conocidos como el Ciclo del Fuego.

Twilight, claro está, era el narrador del Ciclo de la Guerra. Gylfie, como miembro de la brigada de navegación y entendida en las estrellas y constelaciones, contó las historias del Ciclo Astral. El del Fuego, el de la Guerra y el Astral eran los tres ciclos principales. Los demás relatos, que hablaban del tiempo, y de héroes y villanos, se los repartieron entre sí Otulissa, Digger, Martin y Soren. Eran cuentos que conferían fuerza y valor, historias que había que aprenderse de memoria y de molleja.

CAPÍTULO 7

Una fregona de pedernal especial

Era la víspera de la misión. A medida que oscurecía, los siete amigos empezaron a agitarse; durmieron poco durante el día y estaban nerviosos, sobre todo Otulissa, Ruby y Martin, quienes no compartían su hueco con Digger, Gylfie, Soren y Twilight. No era fácil permanecer en el hueco en compañía de otras dos aves que nada sabían de la misión en la que estaban a punto de embarcarse. Se sentían completamente aislados con sus pensamientos y temores. Inevitablemente, una sensación de pavor recorrió la molleja de los tres. «¿Desempeñaré mi papel? ¿Recordaré mi parte del ciclo de Ga'Hoole? ¿Me ofuscará la luna? ¿Seré escaldado por ella?» O quizás, aún peor, ¿serían descubiertos y luego sometidos a un brutal castigo, como la llamada terapia de la risa, en la que podían perder las plumas de las alas?

Ruby miró con envidia a sus otros compañeros de hueco, una lechuza campestre y un búho común, mientras dormitaban tranquilos sin que ningún pensamiento relacionado con alas desplumadas o escaldaduras de luna los preocupase. Iba repitiendo mentalmente la epopeya del famoso carbonero de la Antigüedad. Las palabras que iniciaban esa historia del Ciclo del Fuego sonaron suavemente dentro de su cabeza.

«Fue en el tiempo de los volcanes perpetuos. Durante años y años, en la tierra conocida como Más Allá del Allá, las llamas habían arañado el cielo, volviendo las nubes del color de ascuas encendidas día y noche. Los volcanes que habían permanecido inactivos durante años habían entrado en erupción. Polvo y ceniza se extendían sobre la tierra, y aunque se creía que era una maldición del Gran Glaux en las alturas, era otra cosa. Porque fue entonces cuando nació Grank, el primer carbonero. Fue entonces cuando unas lechuzas especiales descubrieron que era posible dominar el fuego.»

Y, en otro hueco, Martin repetía para sí un breve fragmento de las epopeyas del tiempo acerca de una lechuza que, como había hecho él en una ocasión, se hundió en el fondo del mar para ser rescatada no por una gaviota, como en el caso de Martin, sino por una ballena que pasaba por allí.

Otulissa trató de dormir, pero en vano, al igual que los otros. Demasiados pensamientos se arremolinaban en su cabeza. ¡Había tantas cosas que saber, que aprender... y que desaprender! Soren tenía razón. No podía parecer demasiado experta en los Reinos del Norte. Y luego debía conocer su parte del ciclo Ga'Hooliano, que una no podía llegar a aprenderse lo suficiente. De eso dependían su vida, su molleja y su mente.

Pensó que ni siquiera tenía sentido intentar dormir. Sacó el libro que Ezylryb le había dado de donde lo tenía escondido, en el fondo del musgo y el plumón de su lecho. Sólo leería una o dos páginas. Leer sosegaba su mente. Estaba a punto de pasar página cuando de repente una voz atravesó la luz lechosa del hueco.

—¡Ya te tengo!

A Otulissa la molleja se le cayó a los pies. Era Dewlap. La mochuelo excavador había asomado la cabeza en el hueco a través de la claraboya, tapando el sol de media tarde, con lo que las sombras se desparramaron sobre el suelo. La llamó con una de sus garras de sus patas largas y sin plumas.

—Ven aquí enseguida, ¡y trae ese libro!

—Pe-pe-pero, pero... —balbuceó Otulissa.

—Sin peros.

Otulissa se levantó temblando y se encaminó hacia la claraboya. Dewlap le quitó el libro.

—Pero usted no lo entiende —protestó Otulissa—. Ezylryb...

—Lo entiendo perfectamente. Más de lo que crees. Ahora sígueme, señorita. Tengo una fregona de pedernal especial para ti.

Otulissa no supo qué hacer. No podía decirle a Dewlap que dentro de dos horas debía dirigirse a los acantilados del otro extremo de la isla para reunirse con los demás y emprender una misión de alto secreto. Sabía que Ezylryb dormía a pata suelta en su oquedad, y estaba estrictamente prohibido despertarlo. ¿Qué ocurriría si se negaba a seguir a Dewlap? Se armaría la gorda, y no podía poner en peligro la misión. Era inconcebible. De modo que la cárabo manchado siguió a la vieja mochuelo excavador. Y, mientras lo hacía, no pudo dejar de reparar en lo mal que aquella instructora volaba.

De todas las aves rapaces nocturnas, los mochuelos excavadores eran los más torpes en el vuelo, aunque eran célebres por sus facultades para caminar e incluso correr sobre toda clase de terrenos. Dewlap era para Otulissa el ave que peor volaba de todas cuantas conocía: no era silenciosa y carecía de equilibrio. Sus aleteos eran bruscos y débiles. Apenas le servían para elevarse y, cuando efectuaba un giro, era un verdadero desastre. Ahora, por si fuera poco, trataba de volar mientras aún sostenía en sus garras el libro que le había arrebatado.

Otulissa creía saber adónde la llevaba Dewlap: a

otra parte de la isla, casi lo más lejos que podía estar de los acantilados de los que pronto debían partir hacia su misión. Era el lugar favorito de la instructora para las fregonas de pedernal, pues allí los acantilados no eran muy altos y, abajo, había una playa donde flotaban algas, a veces acompañadas de peces muertos o egagrópilas regurgitadas por las lechuzas que sobrevolaban Hoolemere. Los peces muertos, las egagrópilas y las algas eran muy ricos en nutrientes que beneficiaban al Gran Árbol si se enterraban adecuadamente a su pie. De modo que a menudo se enviaban grupos a recogerlos. Sin duda, ésa era la fregona de pedernal que Dewlap había elegido para ella.

«Bueno —pensó Otulissa—, si trabajo deprisa, quizá termine a tiempo.» Pero, antes de empezar, Dewlap le ordenó que fuera a cazar un ratón de campo para ella, pues tenía hambre. La joven cárabo manchado lo hizo con diligencia y lo dejó caer junto a las patas de la mochuelo excavador, colocadas sobre el libro en actitud protectora.

—Es un hermoso ratón —dijo Dewlap con su voz melindrosa. Otulissa no respondió—. Supongo que estás un poco enfadada.

Otulissa ni siquiera le dio la satisfacción de mirarla. Bajó enseguida a la playa y empezó a recoger algas y egagrópilas rebozadas de sal.

El cielo había adoptado una coloración púrpura crepuscular. Era una luz tenue al final de uno de los cortos días de invierno. El mundo no tardaría en sumirse en tinieblas. En invierno, la primera negrura parecía caer del cielo brusca y repentinamente como una hoja de piedra, cortando el día de la noche, la luz de la oscuridad. Seis aves rapaces jóvenes lechuzas aguardaban en los acantilados.

—¡Tenía que estar aquí a la hora intermedia! —murmuró Soren. Luego, quizá por décima vez, dijo con voz embargada por la angustia—: ¿Dónde puede estar? —Prácticamente gemía—. ¡De todas las aves del mundo, precisamente Otulissa! Jamás llega tarde, siempre es puntual.

—Estoy seguro de que no tardará —dijo Martin, aunque con poca convicción.

«¿Cuánto tiempo podemos esperar?», pensó Soren. Los vientos empezaban a ser erráticos. Ya resultaba bastante duro sobrevolar el mar de Hoolemere desde aquel lugar. Alargaba la travesía y las más de las veces los vientos eran desfavorables, como ahora, e iban en aumento. Soren y Gylfie no tardarían en decidir si debían marcharse o no, con o sin Otulissa, pues los dos amigos habían sido designados los jefes de la misión porque eran los únicos miembros del grupo que habían estado dentro de San Aegolius.

Ambos se miraron.

Gylfie parpadeó. «Creo que debemos irnos.»

Soren pudo leer el pensamiento en los ojos de la pequeña mochuelo duende. «Tiene razón», pensó.

—¡Listos para volar! —ordenó Soren—. Verifiquemos el rumbo, por favor.

Se volvió hacia Gylfie.

—Norte nordeste, mantener la envergadura entre las dos primeras puntas de las Garras Doradas y la pata de estribor, virar al este al cabo de tres leguas y luego rumbo al sur. Si es posible, mantenerse a estribor del Pequeño Mapache, que pronto aparecerá.

—¡Despegue! —gritó Soren con el chillido agudo de una lechuza común.

Entretanto, en la playa con forma de media luna, Otulissa murmuraba para sí:

—¿Qué voy a hacer?

Había reunido una gran pila de residuos nutritivos y necesitaría por lo menos cuatro viajes para llevarlos hasta el pie del Gran Árbol. Encima, Dewlap no dejaba de mandarla en busca de comida.

En aquel momento gritó a Otulissa:

—Querida, siento una punzada de hambre. Acabo de ver pasar una rolliza ardilla listada. ¿Crees que...?

«¿Que qué creo, bruja vieja y gorda?» Pero Otulissa dejó caer un pez muerto en la pila y levantó el vuelo. Una de las peculiaridades de Dewlap que sacaban de quicio no sólo era su voz, sino también su afectada cortesía, cuando decía «Querida, haz esto», «Querida, haz lo otro» o «¿Te importaría...?». Todo el mundo sabía que no había más remedio que obedecerla. ¿Por qué se molestaba entonces en fingir tanta dulzura?

En el momento en que Otulissa descendió en espiral para matar la ardilla listada, la hoja de la oscuridad había empezado a caer. Y, de un rápido tajo, el día se separó de la noche y el mundo se tornó negro. Un animalito murió y Otulissa se elevó, con el pico ensangrentado por la caza. «¡Se han ido!», pensó con tristeza. Se impulsó a través de los vientos erráticos que habían empezado a arreciar hacia donde se encontraba Dewlap, posada sobre un afloramiento rocoso, sujetando aún el libro con sus garras. Otulissa comenzó a inclinarse para dejar caer la ardilla junto a las largas y feas patas de la mochuelo excavador. Pero entonces algo se apoderó de ella. Sintió una fuerte sacudida en su molleja, la indignación llenó todos los huesos huecos de su cuerpo, y arrojó la ensangrentada ardilla directamente a la cara de Dewlap.

—¡¡Me cago en ti!! —vociferó.

Luego, zarandeada por los bruscos vientos, Otulissa se alejó sobre el mar de Hoolemere.

—¡Vuelve aquí ahora mismo! ¡Tú, tú...! —farfulló Dewlap.

Extendió las alas y trató de impulsarse desde el afloramiento rocoso hacia las intensas ráfagas de viento. Pero no tardó en hacer girar las alas como un molinillo de la forma más torpe, rebotando en las rebeldes corrientes y empapándose con las crecientes olas de blanca espuma, que se arremolinaban como espectros en la noche. Mientras arremetía con inútil desesperación contra el viento y el agua, el libro *Pepitasia y otros trastornos de la molleja*, que había dejado sobre la roca, se precipitó al mar.

CAPÍTULO 8

A través del mar hacia los desfiladeros de San Aegolius

L echuza a favor de viento.

Twilight acababa de avistar un ave que salía de un banco de niebla cada vez más espesa.

—¡Glaux bendito! ¡Es Otulissa! —siseó Soren, asombrado.

Sus compañeros volvieron la cabeza para mirar y se quedaron con el pico abierto, completamente sorprendidos por lo que veían. Otulissa aleteaba contra un fuerte viento de cara, con una expresión feroz en los ojos y una mueca de enojo en el pico. En unos segundos se ladeó, giró y se situó en el flanco de barlovento, su posición de vuelo habitual en la brigada de brigadas.

—Siento llegar tarde —dijo.

—¿Qué ha ocurrido? —preguntó Soren, atónito.

—No os lo vais a creer, pero Dewlap me ha pillado.

—¿Que te ha pillado? ¿Cómo? —quiso saber Gylfie.

—Me ha pillado leyendo el libro que me dio Ezylryb. Y me ha impuesto una fregona de pedernal. —Otulissa hizo una pausa—. Bueno, la he estado cumpliendo durante un rato.

—¿Y entonces qué? —preguntó Gylfie.

—Le he arrojado una ardilla listada muerta a la cara y he huido. Y aquí estoy.

—¿Que has hecho qué? —dijo Ruby.

Pero entonces intervino Soren:

—Un momento. Tenemos que seguir volando y concentrarnos en nuestra misión. Estos vientos están empeorando. Otulissa podrá explicárnoslo todo cuando ganemos la otra orilla. Por ahora, seguid volando. Gylfie, comprueba el rumbo.

—Dos grados más hacia el este y luego rumbo al sur.

«Bien», pensó Soren. Girar hacia el este haría que el viento les quedara en el cuarto de cola y les facilitaría el vuelo. No tendrían que esforzarse tanto.

El plan era sencillo. Después de girar hacia el sur, pondrían rumbo directamente hacia Los Picos. Dirigiéndose al oeste y bordeando la costa de Los Picos, entrarían en la desembocadura del río Hoole, cuyo curso remontarían hasta encontrar un afluente que provenía de Ambala. Entonces atravesarían el sector meridional de Ambala, siempre hacia el oeste, y alcanzarían el límite de los desfiladeros de San Aegolius, donde descansarían durante el día siguiente. Iba a ser una noche larga, pero como era invierno, el sol tardaría en salir y por lo tanto no habría peligro de un asalto de cuervos al amanecer. Aguardarían hasta la noche siguiente, cuando se aproximarían y entrarían en los desfiladeros de San Aegolius, en cuyo mismo centro se alojaba la academia, en las profundidades de un laberinto de simas, riscos escarpados, grietas sombrías y barrancos.

Allí donde se instalaron para pasar el día los bosques eran ralos, y a lo lejos se divisaban los riscos de los desfiladeros de San Aegolius perfilándose contra el horizonte. Otulissa había concluido su relato, y sus seis amigos estaban impresionados. La cárabo manchado era célebre por la intensidad de su ingenio y su intelecto, pero no por aquellos arrebatos indecorosos, y todavía menos si acarreaban fuerza bruta. Eran incapaces de imaginarse a Otulissa estampando una ardilla listada ensangrentada en la cara de una instructora.

—Glaux sabe qué fregona de pedernal te espera, Otulissa. Una muy gorda, desde luego —dijo Gylfie con un suspiro.

—Ya lo sé —repuso Otulissa muy seria—. Pero aun así me alegro de haberlo hecho.

Soren chasqueó el pico un par de veces, un hábito

que había adquirido cuando pensaba mucho, como ahora. No le gustaba lo que acababa de oír. Le preocupaba que Dewlap hubiese utilizado a Otulissa para servirla, pidiéndole que fuera a conseguirle comida. No parecía justo. También creía que aquello podía suponer una distracción importante para los siete. No quería que la brigada de brigadas pensara en fregonas de pedernal para servir a una mochuelo duende vieja y aburrida.

—¿Sabéis una cosa? —empezó a decir Digger pausadamente—. Yo creo que no habrá ninguna fregona de pedernal para Otulissa.

—¿Por qué no? —preguntó Ruby.

—Bueno, pensad un poco. Las fregonas de pedernal importantes tienen que ser aprobadas por el Parlamento. Así pues, para que impongan una a Otulissa, Dewlap tendrá que explicar muchas cosas —dedujo Digger.

—¡Tienes razón! —exclamó Gylfie de repente.

—Dewlap tendría que contar a Ezylryb que intentó quitarle a Otulissa un libro que él le había dado —continuó Digger—. También debería admitir que había estado pidiendo a nuestra compañera que le llevara comida mientras ésta cumplía la fregona de pedernal. Y ninguna de las dos cosas daría una buena imagen de Dewlap; ella se mostraría exactamente como lo que es: una instructora vieja y pesada que actuó en contra del instructor más venerado del Gran Árbol. No sé vosotros, pero yo no querría tener a Ezylryb en mi contra. Preferiría tener a Dewlap en contra y a Ezylryb a favor, no al revés.

Soren suspiró con alivio. Lo que Digger acababa de exponer tenía mucho sentido. Ahora sus compañeros no se distraerían pensando en fregonas de pedernal. Estaban todos muy cansados por el largo vuelo, que había discurrido en su mayor parte con viento contrario. Tenían sueño, y no tardarían en dormir plácidamente.

Excepto Soren y Gylfie, quienes estaban bien despiertos y discutían la estrategia para entrar en la Academia San Aegolius para Lechuzas Huérfanas.

—Creo que deberíamos dirigirnos a la entrada del Búho Común —decía Gylfie—. Recuerdo que en cierta ocasión Grimble comentó que las aves adultas, como él, accedían siempre a través de la entrada del Búho Común.

Grimble, una lechuza boreal macho, había sido capturado siendo ya mayor por patrullas de San Aegolius, y éstas lo habían retenido como rehén con la promesa de que respetarían a su familia. Grimble era un guerrero fuerte. Eso explicaba por qué Skench, el Ablah General de la academia, y Spoorn, su lugarteniente, querían tenerlo a su lado. Pero Grimble no había quedado ofuscado por la luna del todo, y algo en su interior reaccionó a la grave situación en que Soren y Gylfie se hallaban. Enseñó a volar a los dos polluelos para que lograran escapar. La angustiosa noche de su huida, Grimble había sido asesinado mientras intentaba ayudarlos a evadirse. Soren no podía pensar en Grimble sin experimentar un temblor en la molleja y un dolor en el corazón. Pero ahora tenía que dejar todo eso de lado, pues tales sentimientos no harían más que distraerlo. Aquella misión iba a requerir todo cuanto Gylfie y él poseían, y más. Debían resistir con éxito a la ofuscación de luna, convencer a las aves rapaces nocturnas de que habían ido para unirse a la horrible maldad que era San Aegolius y recabar la información que Boron y Barran necesitaban imperiosamente para mantener la paz en los reinos de las lechuzas y demás aves rapaces nocturnas.

Boron, Barran y Ezylryb habían sido muy precisos acerca de la clase de información que necesitaban. En primer lugar, la brigada de brigadas tenía que determinar si alguno de los seguidores de Kludd, los Puros, se había infiltrado en San Aegolius. En tal caso, ¿robaban pepitas de la biblioteca, que era donde se almacenaban? Segundo, tenían que averiguar si los dirigentes de la academia habían descubierto algo más sobre las pepitas. Anteriormente apenas sabían nada de ellas. Cuando Skench había irrumpido en la biblioteca en el momento en que Gylfie y Soren se disponían a escapar, sólo su ignorancia les permitió salvarse. El Ablah General no se había despojado de sus garras de combate e insignias militares antes de entrar, de modo que, impulsado por la fuerza magnética, fue a estrellarse contra la pared de la biblioteca donde se guardaban las pepitas.

Si bien resultaba tentador permanecer juntos una vez dentro de San Aegolius, Soren y Gylfie sabían que no era la mejor estrategia. Para lograr sus objetivos, el grupo tendría que separarse y dispersarse por toda la academia. Había muchas secciones, entre ellas el granulórium, la incubadora, el huevárium y el depósito de garras de combate.

Por fin, hacia el mediodía, cuando un tenue sol invernal colgaba del cielo, Gylfie y Soren se durmieron. Los cortos días de breve luz sólo les concederían unas pocas horas de descanso antes de que el firmamento empezara a oscurecerse y llegara el momento de levantarse y afrontar lo inconcebible: el regreso a la Academia San Aegolius para Lechuzas Huérfanas, el lugar más espantoso del mundo.

CAPÍTULO 9

El lugar más espantoso del mundo

A bajo, el paisaje comenzaba a erizarse de agujas y peñascos afilados.

—Nunca he visto nada tan feo —comentó Martin, que procedía del agreste y exuberantemente verde bosque de Velo de Plata.

Velo de Plata era una selva donde árboles inmensos se adornaban con hiedra y se vestían de mil variedades de musgo, donde mares de helechos se mecían impulsados por la brisa, donde los arroyos cantaban dulcemente mientras serpenteaban a través de tierras antiguas y arboladas. Se decía que los bosques de Velo de Plata eran tan hermosos que era lo más parecido a Glaucora, el paraíso de las lechuzas y demás aves rapaces nocturnas voladoras, que un pájaro podía llegar a conocer sin necesidad de morir.

Por su parte, San Aegolius debía de ser lo más semejante a Hagsmire, el infierno de las lechuzas y demás aves rapaces nocturnas, que un pájaro vivo podía conocer antes de morir. Soren escudriñó las rocas de abajo; buscaba la entrada del Búho Común. Ese acceso era una gigantesca roca precariamente suspendida sobre un afloramiento, y decían que se parecía a un búho común.

—Muy bien, ¿preparados? —preguntó Soren a sus seis amigos.

Todos asintieron. Se elevaron y se dirigieron hacia la roca de la entrada del Búho Común. Cuando se aproximaban, dos aves alzaron el vuelo desde los dos picos que se asemejaban a penachos de cabeza de búho que se recortaban sobre el incoloro cielo invernal.

—Ahí vienen —susurró Gylfie.

No se trataba de Jatt y Jutt, dos guerreros de San Aegolius, pues habían muerto en el desierto hacía más de un año cuando atacaron a Digger. Eran los búhos chicos que siempre habían servido como centinelas principales de la academia.

Los siete amigos vieron cómo ambos se ladearon y, en una maniobra de escolta, se colocaron uno a cada lado de su formación de vuelo.

—Estáis entrando en una zona prohibida —anunció uno de los búhos chicos—. Éste es el territorio de San Aegolius. Ahora os escoltaremos. Si rompéis la formación, os arriesgáis a castigos muy severos. Debéis acompañarnos a la grieta de interrogamiento.

—Sí, señor —respondió Martin.

Habían decidido que Martin fuera el portavoz. Soren sabía que tanto él como Gylfie habían cambiado mucho desde que los habían raptado y llevado allí como cautivos, pero no querían correr el menor riesgo de que alguien pudiera detectar un tono familiar en sus voces o percibir un destello reconocible en sus ojos. Ambos tenían la intención de mantenerse en un segundo plano y hacer todo lo posible por pasar desapercibidos.

—Inclinación lateral a…, esto…, hacia aquí —ordenó el otro búho chico.

«¡Glaux bendito, estos bobos no saben distinguir entre babor y estribor!» Esta idea estalló en la cabeza de Soren y lo llenó de alegría. Se percataba de lo mucho que había aprendido desde su llegada al Gran Árbol. Sería la maña lo que se impondría a la fuerza en aquel lugar, y ése era un pensamiento reconfortante.

Un minuto después, se deslizaban en las espesas sombras de una profunda grieta pétrea. Bajaron cada vez más hasta posarse en el suelo arenoso. En lo alto, sólo era visible una estrecha franja de cielo. San Aegolius encerraba muchas cosas malas, pero quizás una de las peores era que desde sus profundos desfiladeros, pozos de piedra, fosos y grietas, el cielo parecía muy distante. A menudo ni siquiera se distinguía. Tan sólo era visible desde un puñado de sitios. Uno de ellos era el glaucídium y la cámara de escaldadura de luna, donde se aplicaban los terribles procedimientos de ofuscación lunar.

—¡Esperad aquí! —gruñó uno de los búhos chicos antes de perderse en el interior de una hendidura en la roca.

Soren vio que Twilight y Ruby parpadeaban de asombro. «Acostumbraos —pensó—. Éste es el mundo de San Aegolius.»

Era un mundo de piedra surcado de grietas, aberturas y agujeros a través de los cuales las aves parecían desaparecer sin más. Soren miraba alrededor cuando se percató de que Gylfie estaba temblando. Bajó los ojos y vio que la pequeña mochuelo duende se acercaba más a él. De otra grieta salía un búho común, y no era otro que Unk, el antiguo guardián del pozo de Gylfie. Sin llamar la atención y con toda delicadeza, Soren extendió un ala con la que apenas rozó la cabeza de Gylfie. Percibió que su amiga se tranquilizaba. «Saldremos de ésta, Gylfie. Somos más listos que ellos. Saldremos de ésta», se dijo, y deseó que estas palabras llegaran hasta su mejor amiga, pues sabía lo asustada que debía de estar. Él mismo tenía mucho miedo de toparse con Tita Finny, la vieja búho nival que había sido la guardiana de su pozo.

Aunque los guardianes de pozo no detentaban el rango superior de los centinelas, inspiraban pavor. De todas las aves de San Aegolius, ellos eran los más astutos y tramposos: dominaban como nadie el arte del engaño y fingían ser afectuosos, pero sólo era una estratagema para someter a los polluelos.

En cualquier caso, ahora parecía que Unk ya no era guardián de pozo. Sus palabras, que habían perdido la jovialidad y la dulzura de antaño, hendieron las sombras de la grieta.

—¿Cómo habéis llegado hasta aquí? ¿Cómo sabíais de nuestra existencia? ¿Qué es lo que os proponéis?

Martin dio un paso vacilante hacia delante y empezó a decir con voz temblorosa:

—Me llamo Martin.

«¡Oh, excrepaches! —pensó Soren—. ¿Por qué tenía que decir eso?»

—Los nombres no significan nada aquí. Se os asignará un número. Algún día os ganaréis un nombre. Hasta entonces, te repito que los nombres no significan nada. Continúa.

—Venimos de los Reinos del Norte.

Dio la impresión de que Unk se estremecía y, obedeciendo a una ligera señal, casi imperceptible, el otro mochuelo chico desapareció por otra grieta. Apenas había transcurrido un minuto cuando un autillo occidental apareció por la misma grieta, seguido de un búho común enorme y desgreñado. Era Skench. Soren y Gylfie sintieron que casi se les abría la molleja de miedo.

—Soy Skench, el Ablah General. Me han dicho que venís de los Reinos del Norte... y sin embargo dos de vosotros sois mochuelos del desierto. Ahora decidme cómo han llegado dos aves del desierto a los Reinos del Norte.

—Verá, Su Ablah —saludó Martin a su manera más servil.

Y procedió a contar la historia que habían inventado sobre turbulencias y vientos erráticos. Soren lo observaba lleno de asombro. Martin lo estaba haciendo a las mil maravillas. Incluso mencionó la corriente lobeliana, de la que las aves de San Aegolius nada sabían, pero asintieron sabiamente porque les avergonzaba demasiado reconocer su ignorancia. Al poco rato, Martin había empezado a dar forma a su tapadera perfectamente. La brigada de brigadas parecía un grupo listo, pero no demasiado. Lo formaban jóvenes que habían visto mucho mundo y habían quedado desencantados con los Reinos del Norte. Aunque no se conocían antes de ser arrastrados hasta aquellas tierras, constataron que compartían su aversión a aquel lugar.

—El sistema de clanes no funciona —aseveró Martin.

—¡Para nada, excrepaches! —agregó Twilight.

—No hay un verdadero jefe. Todo se halla en un estado de confusión perpetua —explicó Martin.

—Sí —dijo Twilight con la mezcla adecuada de brusquedad y mansedumbre—. Queremos un jefe de verdad. Somos aves humildes.

«¡Glaux bendito, está cargando las tintas! ¿Humilde... Twilight?» Soren trató de imaginárselo. Pero allí estaba el cárabo lapón, inclinando sumisamente la cabeza ante Skench. ¡Y lo más increíble de todo era que Skench se lo tragaba!

—Todo esto es muy interesante —observó Skench volviéndose hacia Spoorn, que había aparecido de otra grieta en la pared del desfiladero mientras Martin hablaba—. Hay que hacer un informe sobre estos jóvenes, y después ya decidiremos qué números y tareas les asignaremos. Pero antes deben iniciar los procedimientos del glaucídium.

Por «procedimientos del glaucídium» Skench se refería a confusión de luna. Soren esperaba fervientemente que sus compañeros recordaran todo lo que Gylfie y él les habían enseñado sobre las estrategias de resistencia.

Los otros cinco ya habían comenzado a recordar su parte del ciclo de leyendas ga'hoolianas. Ruby empezó a pensar en Grank y la época de los volcanes perpetuos. Se imaginó el primer carbonero volando a gran altura sobre el cono en erupción del volcán y recogiendo los abrasadores residuos que salpicaban el cielo. Twilight pensó en la batalla de los Tigres que aconteció en la época del largo eclipse, cuando los enormes felinos que poblaban la tierra en aquellos tiempos se volvieron locos por la ausencia del sol y emprendieron una matanza. Fue un cárabo lapón llamado Garra Larga quien bajó de la negrura una noche y mató a su jefe, un tigre de cien veces su propio tamaño.

La brigada de brigadas estaba lista. Lista con sus leyendas ardiendo febrilmente en sus mentes, preparada con su valor, dispuesta a combatir el mal que se alojaba en aquel lugar oscuro, sombrío y sin cielo. Les hervía la sangre, su ingenio era agudo y su corazón valiente.

CAPÍTULO 10

Temor a la luna

La luna había menguado y la noche era completamente negra. Pasarían cuatro días hasta que volviera a crecer. Entonces su primer pálido fulgor aparecería como la hebra más fina de plumón blanco, un simple filamento, pero cada noche el astro se haría más grueso y más brillante. Esperaban que se nublara, a pesar de que en los desfiladeros de San Aegolius el cielo solía estar sereno y rara vez llovía. Desde luego que el plan de su misión lo había tenido en cuenta. Si aguantaban hasta el final del cuarto menguante, los miembros de la brigada de brigadas disfrutarían de cuatro noches negras antes de que la luna, en cuanto empezara de nuevo a crecer y brillar con intensidad, machacara sus cabezas expuestas, embotara sus mentes e inmovilizara sus mollejas. Aquellos cuatro días les proporcionarían algún tiempo para buscar soluciones.

Resultaba distinto ser un ave casi adulta a un polluelo, como lo eran Soren y Gylfie la última vez que habían estado en San Aegolius. Sólo había dos pozos de piedra para alojar a los pájaros más grandes recién llegados, mientras que existían al menos doce pozos para albergar a los cientos de polluelos. Cuatro miembros de la brigada de brigadas estaban juntos en un pozo, y tres en el otro. Twilight, Soren y Ruby ocupaban un pozo vigilado por un autillo chillón que acababa de recibir su nombre, Mook, y había prescindido de su número. Era muy engreído, y se pavoneaba gritando órdenes y profiriendo amenazas terribles sobre las consecuencias de hacer preguntas. Las palabras que empezaban por Q, como «qué» o «quién», así como cualquier clase de pregunta estaban estrictamente prohibidas en San Aegolius. Pero eso no impedía a Skench sacar a los siete amigos de sus pozos de piedra a distintas horas del día o de la noche para formularles infinidad de preguntas sobre los Reinos del Norte. Durante aquellas sesiones, Soren observó los esfuerzos que Otulissa hacía para contener sus amplios conocimientos de aquellas tierras y sus costumbres.

Soren había recibido el número 82-85. Era incapaz de recordar cuál había sido su número anterior. Sí recordaba, en cambio, a su antigua guardiana de pozo, Finny, o Tita, como insistía en que la llamaran. Había resultado ser el ave más brutal que Soren había conocido en San Aegolius. Tenía pavor a volvérsela a encontrar.

Finny había causado la muerte de Hortense, una cárabo manchado que era el ave más valerosa que Soren y Gylfie habían conocido nunca, si bien a su llegada daba la impresión de ser el polluelo más completamente ofuscado por la luna de todos. Su número era el 12-8.

«Qué extraño», pensó Soren. Se acordaba del número de Hortense pero no del suyo. Resultó que Hortense no era un polluelo, sino un adulto, una cárabo pequeña para su edad, con las alas ligeramente recortadas. Y era una agente doble. Asignada a la incubadora como clueca, había estado substrayendo algunos de los huevos robados por las patrullas de San Aegolius para entregarlos en secreto a dos enormes águilas de cabeza blanca que los devolvían a los reinos boscosos, en algunos casos, a los mismos nidos de los que se los habían llevado. Pero entonces Hortense fue descubierta. Desde la hendidura en la roca donde se ocultaban, Soren y Gylfie habían presenciado la terrible batalla que una de las águilas había librado contra Finny, Skench, Spoorn, Jatt y Jutt. No pudieron verlo todo, pero sí oyeron el feroz combate. Soren jamás olvidaría la voz de Hortense atenuándose cada vez más mientras caía desde el elevado afloramiento rocoso, empujada por Tita. Y luego las palabras de ésta con el arrullo de su voz: «Adiós, 12-8, estúpida». Esta última palabra se convirtió en un gruñido que caldeó la noche.

¡Ay, Glaux! Soren no quería volver a ver jamás a Tita.

Pero no iba a ser así.

Pasaron cuatro días, tras los cuales llegó la primera noche de desfiles del sueño. Junto a cientos de polluelos recién raptados, las aves adultas fueron conducidas al glaucídium. Cada miembro de la brigada de brigadas se sabía de memoria y de molleja su epopeya del ciclo de leyendas ga'hoolianas y conocían, quizá no tan bien, los relatos de los demás. Martin se quedó junto a Soren y levantó la vista hacia la nueva luna.

«¿Debo temerla? —pensó Martin—. ¡Qué extraño!» Inclinó la cabeza hacia el cielo. Habría constelaciones nuevas en aquella parte del mundo, pues se encontraban muy al sur de Hoolemere y la isla de Hoole. Había aprendido aquellas constelaciones en clase con Strix Struma, la instructora de navegación, pero nunca las había visto realmente ni las había trazado con la punta de las alas como hacían en clase con ella.

No pareció transcurrir mucho tiempo hasta que sonó la alarma del sueño y se vieron obligados a desfilar.

Tal como Soren y Gylfie habían advertido, todos debían repetir sus nombres mientras caminaban. Pero la brigada de brigadas, muy discretamente, hacía todo lo contrario: repetían sus números. Ésa era tal vez la parte más fácil de su estrategia de resistencia, porque había tal confusión de voces que nadie sabía con certeza qué decían los demás. Si un monitor del sueño se les acercaba, cada uno tenía un nombre falso que pronunciaba sólo en aquel momento.

—¡Albert! —exclamó Soren cuando se le aproximó un monitor, un ejemplar de lechuza boreal con los ojos de un amarillo mate.

—Excelente, excelente —dijo la lechuza boreal mientras se posaba junto al grupo en el que habían incluido a Soren para los ejercicios de sueño.

Cuando pasó de largo, éste siguió repitiendo su número en voz muy baja. No quería llamar la atención de nadie, sobre todo de la lechuza común que se encontraba dos filas más adelante. Soren había planeado llegar hasta su altura. Todas las lechuzas comunes de San Aegolius, excepto posiblemente los polluelos que habían sido raptados, eran presuntos agentes secretos o confidentes de los Puros. Y ésa era quizá la parte más importante de su misión: averiguar si los Puros se estaban infiltrando en la academia.

—¡Alto!

«¡Genial!», pensó Soren. Estaba justo al lado de la lechuza común.

—¡Adoptad la posición de dormir! —gruñó el jefe de los monitores del sueño desde un afloramiento situado varios metros por encima del glaucídium.

Al instante, cientos de aves dejaron de repetir su nombre e inclinaron la cabeza hacia atrás de manera que el pequeño haz de rayos de luna brilló sobre ellas. Soren miró a hurtadillas a la lechuza común que tenía a su lado al mismo tiempo que empezaba a susurrar mentalmente su parte del ciclo de leyendas ga'hoolianas. Experimentó en su molleja un hormigueo de deleite.

La lechuza común se llamaba Flint. Soren le había oído pronunciar ese nombre justo antes de que les ordenaran parar. Pero ahora le asaltó una idea inquietante. Si Flint era un infiltrado, ¿cómo iba a resistirse a la ofuscación de luna? ¿De qué iba a servir a Kludd y los Puros un ave ofuscada por la luna? Tendría que comentarlo con Gylfie en cuanto tuviera ocasión. Miró a Flint de reojo. ¿Cómo podía saber si era un infiltrado? Se trataba de un ejemplar de Tyto alba, la única pista posible. Pero no todos los Tyto albas pertenecían a los Puros, y sin duda muy pocos de ellos se creían aquella ridícula idea de la pureza de raza. Bueno, en ese momento Soren no podía pensar en eso. Tenía que recordar su parte del ciclo ga'hooliano. Había elegido la misma epopeya que recitara cuando, siendo un polluelo, lo habían conducido con Gylfie a la cámara donde iban a ser escaldados por la luz de la luna llena. Era la que empezaba diciendo: «Érase una vez, antes de que hubiera reinos de lechuzas y demás aves rapaces nocturnas, una época de guerras sin tregua, una lechuza nacida en el país de las Grandes Aguas del Norte que se llamaba Hoole...»

CAPÍTULO 11

Pepitas en el nido

*A*hora que habían sido sometidos a su primera ofuscación de luna, se consideró que los miembros de la brigada de brigadas estaban listos para ser asignados a su primer trabajo. Soren se sintió muy decepcionado cuando no lo mandaron a trabajar en el granulórium, o por lo menos en el inventórium, por cuanto esos lugares le habrían proporcionado el mejor acceso a las actividades relacionadas con las pepitas. En su lugar, fue asignado al huevárium, junto con Martin. A Ruby la habían enviado a la incubadora como clueca. Gylfie estaba en el granulórium, lo que suponía una ventaja porque conocía bien el sitio. Digger se hallaba en el inventórium con Otulissa, y Twilight estaba en el arsenal, una asignación aparentemente perfecta. Aprendería a pulir las garras de combate.

Cuando se disponían a entrar en el huevárium, Soren se dirigió a Martin.

—Nada de lo que diga —susurró— puede prepararte para lo que estás a punto de ver.

Martin tragó saliva. Soren le había hablado de los cientos y cientos de huevos que las patrullas de San Aegolius robaban de los nidos para llevarlos a su incubadora y criarlos en cautividad. Soren había dicho que una de las peores cosas que había presenciado nunca era el nacimiento de un polluelo en la academia. Se trataba de un método carente de amor, antinatural, despreciable y cruel. Ahora Martin dio un pequeño respingo al ver centenares de huevos blancos de todos los tamaños reluciendo en la oscuridad. Pero entonces se percató de que Soren estaba paralizado junto a él. Una hembra de búho nival vieja y cubierta de cicatrices se había acercado a ellos. Uno de sus ojos derramaba lágrimas sin cesar. Estaba turbio hasta el punto de que su color amarillo aparecía pálido y brumoso. Un feo corte le surcaba la cara y el pico en un ángulo agudo. Se había cerrado mal, y la cicatriz negra ofrecía un marcado contraste con las plumas blancas de su cara. A Martin le recordó la figura de un rayo en negativo: negro sobre blanco.

Pero, a pesar de su cara deforme, Soren la habría reconocido en cualquier parte. Era Finny.

—Llamadme Tita —dijo con voz rechinante mientras inclinaba la cabeza hacia ellos.

Desprendía un olor extraño. Soren no sabía de qué se trataba. Pero pronto comprendió que el motivo de que su voz rechinara era que presentaba otro tajo grande, semejante a un collar negro, alrededor del cuello. No la había visto desde la terrible batalla sobre el afloramiento, cuando el águila había intentado salvar el huevo que Hortense le entregaba. «Glaux bendito —pensó Soren—. Puede que Finny asesinara a Hortense, pero no hay duda de que el águila le dio un buen escarmiento.»

«¿Me está mirando raro? —se preguntó—. ¿Me habrá reconocido?»

—Otra lechuza común —decía Finny—. Bueno, podemos utilizarlas. Tenemos multitud de huevos de lechuza común.

Entonces pasó a explicar el procedimiento de selección de los huevos según los distintos tipos. Soren ya lo conocía y, aunque su molleja se estremecía como loca, se las arregló para fingir prestar atención y asentir mientras Tita les explicaba que debían buscar huevos de su propia especie y llevarlos a una zona designada.

El plan de Martin y Soren consistía en desempeñar muy bien su tarea para ser ascendidos al puesto de cuidadores de musgo. De ese modo gozarían de un mayor radio de acción, y no sólo invertirían tiempo en el huevárium sino también en la incubadora donde Ruby, como clueca, estaba sentada sobre un nido. Soren y Martin trabajaron duro y eficientemente durante varias horas, trasladando un huevo tras otro a las zonas designadas.

—¡82-85! Preséntate en el puesto principal.

Un cárabo de franjas se había acercado a Soren y, con la voz átona de los ofuscados por la luna, le había dado aquella orden. A Soren se le encogió la molleja, pero luego se le estremeció de alegría cuando vio que el cárabo de franjas se dirigía hacia Martin y repetía la orden. «¡Quizá nos han seleccionado! —pensó—. Quizás esto nos llevará a alguna parte.»

Ninguno de los siete amigos había descubierto aún nada importante sobre lechuzas comunes infiltradas. Albergaban sospechas, pero hasta entonces no había ninguna prueba sólida.

—82-85 y 54-67. —Tita se quedó mirándolos. La cicatriz dentada brillaba de manera amenazante en su cara—. Os habéis mostrado diligentes como clasificadores de huevos. Ahora se os permitirá trabajar, de vez en cuando, como cuidadores de musgo. Empezaréis esta noche. Con las tareas adicionales, os habéis ganado suplementos alimenticios adicionales. —Se detuvo y Soren sintió que se le fundía la molleja al ver que el pálido fulgor de su ojo se intensificaba—. Cielitos, podéis tomar un poco de ratón de campo. Creo que será un obsequio especial. Os sentará estupendamente, queridos.

Y dio un pellizquito a Martin con el pico. Soren vio cómo su amigo se estremecía.

«¡Ay, Glaux! —pensó Soren—, es la vieja Finny.» Aquella búho nival daba todavía más miedo cuando se mostraba melosa y encantadora, porque Soren sabía que ese comportamiento era falso. Y siempre había un precio que pagar. Tal vez le regalaba a uno algún pedazo de ratón de más, o una de las ratas de roca que se escurrían a través de los desfiladeros, pero siempre a cambio de algo: información, o quizás espiar y darle parte. Era así cómo funcionaba y, poco a poco, quien caía bajo su influjo iba hundiéndose cada vez más, debiéndole más, volviéndose más vulnerable a su poder, engaño y brutalidad. Sin embargo, ahora no tenían elección. Eso era lo que querían y eso recibían. Por lo menos podrían ver a Ruby en la incubadora. Pero no sería hasta su tercer día como cuidadores de musgo que tendrían una buena oportunidad de hablar con ella.

—¡Cuidador de musgo! ¡Cuidador de musgo! ¡Presta atención, por favor!

Era Ruby. Estaba empollando sobre un nido de huevos de lechuza común. Jamás se intentaba emparejar la especie de la clueca con la del huevo. En consecuencia, las lechuzas comunes podían empollar huevos de cárabo de franjas, o las lechuzas campestres como Ruby podían estar cubriendo huevos de cárabo lapón. Daba la impresión de que se hacía todo lo posible por evitar emparejar la clueca con el tipo de huevos de su especie. Soren supuso que era porque, cuando finalmente se abría un huevo, no querían que el polluelo tuviera ninguna sensación de vínculo familiar. El amor no formaba parte del nacimiento. Aquellos polluelos no estaban destinados a querer, sino a obedecer.

—Ya he estado aquí antes —respondió otra lechuza común—. No necesitas nada más.

—Oh, se me ha ocurrido que con un gusano bien gordito tendré bastante. No te preocupes. Hay otros dos cuidadores de musgo ahí cerca —dijo Ruby, mirando en dirección a Soren y Martin—. Uno tiene un gusano en ese relleno de musgo. Y sé que el otro me conseguirá esa rata cuya cola acabo de ver desaparecer en aquella grieta.

Martin parpadeó, porque no había ningún gusano en su musgo. Soren se encontraba junto a la grieta, y no había visto ninguna rata desaparecer en ella.

Él y Martin habían mantenido alguna breve conversación con Ruby antes del final de su tercer día como cuidadores de musgo. Pero ésa era la primera vez que los llamaba. La víspera había estado empollando huevos de cárabo manchado, pero éstos se habían abierto y había sido asignada a otro nido.

La otra lechuza común pareció aliviada por no tener que ir a buscar nada para la clueca. Las cluecas recibían un buen trato. Constantemente les ofrecían una gran variedad de exquisiteces y alimentos nutritivos que las demás lechuzas apenas llegaban a ver.

—¡Seré breve! —anunció Ruby en un susurro—. ¡Escuchad! Están haciéndoles algo raro a los nidos de huevos de lechuza común.

—¿Quiénes? —inquirió Soren.

Ruby, con un gesto de la cabeza, señaló hacia dos lechuzas comunes que introducían musgo y hierba seca en unos nidos situados al fondo de la incubadora.

—¿A qué te refieres? —preguntó Soren.

¡Ah!, el sonido de aquellas palabras que empezaban por Q era dulce como la miel en su pico. ¡Casi podía percibir su sabor!

Ruby se removió en su nido.

—Cubridme para que no me vean.

Estaba estrictamente prohibido que una clueca abandonara su nido, pero ahora Ruby se apartó a un lado. Puesto que sabía volar tan bien, fue capaz de elevarse con gran rapidez y mantenerse suspendida unos centímetros sobre el nido.

Martin y Soren dieron un respingo. Hundidos entre las ramitas y hierbas que formaban el nido había tres huevos. Entre ellos, en las briznas de musgo, se veían unas cositas que centelleaban con viveza.

—¡Pepitas! —exclamó Soren.

La verdad estalló de repente en su cabeza con la intensidad del trueno. Había infiltrados. Habían conseguido eludir la ofuscación de luna. Se habían hecho con algunas de las pepitas, pero ¿por qué las colocaban en el musgo que ellos introducían en los nidos? ¿Qué efecto podían tener las pepitas en un nido con huevos sin abrir? Soren se notó la molleja paralizada y fría. «Están haciendo algo espantoso —pensó—. ¡Lo sé! Tengo que hablar con Gylfie. ¡Excrepaches! ¡Ojalá estuviéramos en el mismo pozo!»

Y aún faltaba mucho para el final del día. Transcurriría mucho tiempo hasta la hora intermedia, cuando podrían regresar a sus pozos.

—Otra cosa más —advirtió Ruby—. Es aún peor.

Soren no podía imaginarse nada peor.

—¿Conocéis a esa vieja búho nival del huevárium, Tita Finny? —Soren asintió—. ¿Os habéis dado cuenta de que desprende un olor muy raro?

Soren asintió de nuevo.

—Pero ¿cómo lo sabes? No está aquí, en la incubadora.

—Viene muy a menudo. ¡Come huevos!

—¿Qué? —exclamaron Soren y Martin a la vez.

—Sí, creo que le resulta más fácil robarlos aquí que en el huevárium. Lo hace justo antes de que asignen una nueva clueca a un nido, y no sólo eso, sino que además come polluelos recién salidos del huevo: los que no nacen perfectos.

Soren y Gylfie se marearon y sintieron náuseas. Experimentaron unas fuertes punzadas en la molleja y ambos creyeron que iban a desplomarse de la impresión.

CAPÍTULO 12

El mundo según Otulissa

O tulissa contaba los trozos de hueso, dientes, plumas, pelo y pepitas extraídos de las egagrópilas en el granulórium y los colocaba en unas bandejas en el inventórium. Hacía varios días que trabajaba allí con Digger y dos aves más. Una vez llenas las bandejas, se llevaban a la biblioteca para almacenarlas. Pero ella, Digger y las otras dos aves —una lechuza común y un autillo bigotudo— no tenían autorización para franquear la entrada de esta estancia. Por eso, una vez allí, les entregaban las bandejas a Skench o Spoorn, los únicos que podían acceder a la biblioteca.

Otulissa y Digger deseaban saber más sobre aquel lugar tan vigilado. ¿Se debía sólo al hecho de que las pepitas se guardaban allí y Skench y Spoorn no querían que las robaran? Eso no tenía mucho sentido. Continuamente desaparecían pepitas del inventórium. Otulissa lo había descubierto la noche anterior. Aún no había podido decírselo a Soren. Pero aquella lechuza común, 92-01, mientras cumplía su cometido, había suministrado algunas a otra ave de su misma especie. Otulissa sabía que era una infiltrada, y tenía intención de vigilarla estrechamente. Pero no bastaba con vigilar. Otulissa se había vuelto una experta en ocultar preguntas bajo la forma de aseveraciones con el fin de recabar información. Ella y Digger habían urdido un pequeño diálogo entre ellos con el que esperaban animar a las otras dos aves a proporcionarles cierta información.

Digger bostezó con mucha afectación.

—Creo que voy a dar un paseíto. A los mochuelos excavadores nos gusta mucho caminar. Ojalá nos permitieran entrar en la biblioteca, aunque sólo fuera para hacer un poco de ejercicio. Qué lástima que esté prohibido.

—Siempre ha estado estrictamente prohibido, excepto para Skench y Spoorn —añadió Otulissa, aunque sabía por Soren y Gylfie que aquello no era del todo cierto.

—No siempre —dijo 92-01. «¡Oh, ha funcionado!», pensó Otulissa inmediatamente. Su aseveración obtenía respuesta a una pregunta no formulada—. Tengo entendido que una vez hubo allí una gresca. Mataron a uno que había traicionado a Skench y Spoorn, y por alguna extraña circunstancia Skench se vio impotente.

—¡Impotente! —exclamó Digger—. Resulta casi imposible pensar que el Ablah General se viera impotente.

—De hecho, estuvo a punto de perder el control de su vuelo —explicó 92-01.

A veces a las aves rapaces nocturnas las alas parecían paralizárseles, perdían el control de su vuelo y se desplomaban repentinamente al suelo.

—Impensable —comentó Otulissa con asombro.

92-01 parecía satisfecha de haber causado una impresión tan honda en aquella cárabo manchado tan presumida. «Y a fin de cuentas, ¿de qué puede presumir?», se preguntó la lechuza común.

Pero no tardaría en descubrirlo. Porque Digger y Otulissa dieron la impresión de leerse el pensamiento en silencio.

«Muy bien —pensó Digger—, es el momento de exhibir lo que sabes, Otulissa. Pero con cuidado.»

—Sí, estuvo a punto de venirse abajo —prosiguió 92-01—. Cuesta creerlo, ya lo sé. Pero en realidad no es que se le paralizasen las alas. Fue magia.

—¡Magia! —exclamó Otulissa—. No, no creo que se tratara de magia. Fue magnetismo superior, seguramente una típica reacción magnética superior.

La lechuza común parpadeó. Era evidente para Digger y Otulissa que se moría de ganas de hacer una pregunta. Otulissa se compadeció de ella y le suministró más información.

—Sí, si Skench hubiera usado materiales diamagnéticos, eso no habría ocurrido.

—¿Qué...? —92-01 cerró bruscamente el pico para acallar la pregunta que ya se le escapaba—. Qué interesante —dijo en su lugar, y pareció sentir dolor mientras trataba de reprimirse.

Más tarde, una vez que Digger y Otulissa hubieron terminado el trabajo, tuvieron ocasión de hablar en privado mientras regresaban a su pozo.

—Esa conversación con 92-01 me ha estimulado —decía Otulissa—. Pero ¿de qué nos ha servido? No estamos más cerca que antes de averiguar por qué esa lechuza común roba pepitas, y qué ocurre en la biblioteca con ellas. ¿Adónde las lleva? ¿Cómo las consiguen los Puros? Tenemos que hablar con Soren. Qué lástima que ahora no haya desfiles del sueño.

La luna había vuelto a desaparecer, y pasarían otros dos días hasta que pudieran reunirse con sus compañeros en el glaucídium cuando se reanudara el proceso de ofuscación de luna. Entretanto, se les permitía dormir en sus pozos de piedra.

Otulissa se sobresaltó cuando, en mitad de un sueño muy agradable en el que volaba a través de un bosque frondoso detrás de un rollizo ratón de campo, el guardián de su pozo la despertó sacudiéndola suavemente. Se trataba de un cárabo lapón, grande y tosco, a quien gustaba que sus pupilos lo llamaran Cubby. Siguiendo la tradición de todos los guardianes de pozo, siempre estaba prometiendo a Otulissa obsequios especiales:

—Siento despertarte, cielo. Dormías tan a gusto... Te prometo que te daré algo gordito y sabroso cuando vuelvas. Pero, querida, ahora mismo..., y eso es un gran honor... —Encorvó los hombros como si lo que se disponía a decir fuera una sorpresa maravillosa—. ¿Quién crees que desea verte? —Entonces soltó una estridente risita—. ¡Oh, silencio! No lo digas... Se me ha escapado una pregunta, vaya. Bueno, no se lo contarás a nadie.

¡Glaux, cómo detestaba Otulissa a aquel horrible cárabo lapón!

—Por supuesto que no lo contaré —respondió.

—Buena chica —susurró el guardián—. Pero te diré quién desea verte: Skench, el Ablah General.

Otulissa parpadeó, sorprendida.

—Yo diría que es un gran honor —continuó Cubby—. Sígueme.

Otulissa siguió al cárabo lapón a través de los estrechos corredores y hendiduras de piedra de los desfiladeros de San Aegolius. La academia estaba emplazada en un lugar más apropiado para caminar que para volar porque con sus angostos corredores e interminables pasadizos, resultaba casi imposible extender las alas. El aire siempre estaba en calma, pues ninguna brisa podía llegar hasta aquel abismo rocoso. Y cuando se necesitaba volar, normalmente era en vertical desde el suelo impulsándose con aletazos vigorosos. San Aegolius era una prisión ideal para jóvenes pollos que aún no habían desarrollado sus aptitudes de vuelo.

La cueva de Skench y Spoorn estaba ubicada sobre un alto risco. Otulissa nunca había estado allí, pero había oído hablar de ella. Cubby la condujo a un espacio más amplio y empezó a desplegar las alas. Su envergadura era enorme, como la de todos los cárabos lapones, y las ráfagas de aire sacudieron a la relativamente pequeña cárabo manchado. Otulissa decidió aprovechar el aire en movimiento y se impulsó hacia él. Le resultaría más fácil ganar altura en aquellas corrientes que en el aire en calma e inmóvil. Los dos cárabos ascendieron en espiral.

—¡Por aquí!

El cárabo lapón giró la cabeza y la llamó. Una aguja de piedra de color rosáceo pálido sobresalía en horizontal del risco, perforando el aire, y ante ella dos búhos comunes montaban guardia. Saludaron a Cubby y a Otulissa cuando éstos se posaron.

«¿Qué querrán de mí Skench y Spoorn? —se preguntó Otulissa—. No creo que quieran saber más de los Reinos del Norte, y menos en su cueva. Todas las demás veces me han interrogado en uno de los pozos.»

—¡Adelante! —ordenó una voz.

Otulissa entró en la cueva y parpadeó. Una cara blanca con forma de corazón parecía flotar en la tenue luz de la gruta.

—Quiero presentarte a Uklah —dijo Skench.

Otulissa volvió a parpadear, confundida. ¿Uklah? Era 92-01, la lechuza común infiltrada.

—Uklah es su nuevo nombre —continuó Skench—. Cuando llegó aquí, se llamaba Pureza. Ya conoces todos esos disparates sobre los Puros.

Uklah soltó un siseo burlón.

—No he oído esas tonterías en mi vida.

Ahora Otulissa se sentía completamente desconcertada. Había creído que 92-01, o Uklah, era una espía de los Puros. Pero ¿en qué bando estaba?

—Veo que estás confundida, 45-72.

Spoorn inclinó la cabeza hacia Otulissa, con sus ojos amarillos realzados por el círculo de plumas grises excepcionalmente pálidas que tenía en la frente.

—Creías que era una espía. —Uklah emitió un suave chasquido, como hacen las aves rapaces nocturnas cuando algo les hace gracia o las divierte—. Bueno, lo era cuando llegué aquí.

—Hay varios espías en este lugar —agregó Skench—. Oh, sabemos quiénes son. Todas lechuzas comunes. Tenemos muchas sospechas acerca de 82-85, el joven ejemplar de lechuza común con el que llegaste. Todas las lechuzas comunes están inmediatamente bajo sospecha. Los Puros se mueren de ganas de hacerse con nuestras pepitas. Quieren apoderarse de los desfiladeros de San Aegolius.

Otulissa giró la cabeza para mirar alternativamente a Skench y Uklah.

«¿Qué ocurre aquí? —se preguntó—. ¿Es o no es una espía?»

—Pero yo vi a Uklah robar pepitas —dijo.

—Desde luego que sí —repuso Skench—. No puede permitir que sus compañeros espías crean que se ha convertido en una renegada. Uklah les suministra la información suficiente, cierta y falsa, para que no desconfíen de ella. Los cuidadores de musgo espías de la incubadora ocultan las pepitas que ella roba en los nidos en los que se empollan huevos de lechuza común. Luego recuperamos esas pepitas durante los cambios de turno. Allí hay otras dos lechuzas comunes que actúan como agentes dobles y nos devuelven las pepitas sustraídas. De modo que no hay ningún problema.

Otulissa se moría de ganas de preguntar qué problema habían estado esperando. Pero debía suponer que colocar materiales magnéticos en nidos con huevos causaría un trastorno grave en la molleja o el cerebro de los polluelos que contenían. Aunque Dewlap le había quitado el libro, había leído lo suficiente de los primeros capítulos de *Pepitasia y otros trastornos de la molleja* para saber que la exposición excesiva a las pepitas en determinados períodos de la vida de un polluelo era perjudicial. Y Soren les había contado que la valiente Hortense creía que el motivo de ser tan pequeña para un ave de su edad residía en los ricos depósitos de pepitas que existían en los arroyos de Ambala. Quizá la presencia de pepitas en los nidos hacía que los polluelos de lechuza común fueran capaces de resistir a la ofuscación de luna y se identificaran hasta cierto punto con los Puros.

Otulissa giró la cabeza hacia Uklah y empezó a plantear cuidadosamente su pregunta en forma de aseveración.

—Renegada de los Puros —comenzó a decir pausadamente.

—No hay necesidad de eso —la interrumpió enseguida Skench, adivinando sus intenciones—. Aquí puedes hacer preguntas. Pero todavía no. Queremos preguntarte algo. ¿Qué es el magnetismo superior? ¿Por qué perdí el control del vuelo aquella terrible noche de hace más de un año en la que se escaparon dos jóvenes polluelos? Fue cosa de magia o magnetismo superior.

—No, no fue magia —respondió Otulissa—, sino ciencia. Magia y ciencia no son la misma cosa. Yo no sé nada sobre magia. El magnetismo superior es ciencia.

—Háblanos de él —la instó Spoorn—. ¿Qué nos provoca esa extraña sensación cuando llevamos puestas garras de combate cerca de las pepitas? ¿De dónde sacan las pepitas su fuerza?

Otulissa se planteó cuánto debía contarles. Aquello era distinto a suministrarles información sobre los Reinos del Norte. Con lo que consiguieran averiguar sobre las pepitas podían hacer mucho daño.

Uklah dio un paso adelante.

—Hubo una terrible batalla en el bosque —dijo— entre el Tyto Supremo, Kludd, y su hermano y varias aves del Gran Árbol Ga'Hoole. Aquellos hicieron algo con las bolsas de pepitas que destruyó su fuerza. ¿Qué fue? Debemos saberlo.

Fue entonces cuando Otulissa cayó en la cuenta. Las aves como ésa no debían saber. Debían permanecer en la inopia. Les daría información falsa, sólo durante un breve tiempo, el suficiente para que ella se ganara su confianza y la brigada de brigadas lograra escapar. En opinión de Otulissa, habían cumplido con su misión, pues habían averiguado lo que habían ido a descubrir. Sí, había infiltrados. Algunos, como Uklah, eran agentes dobles que trabajaban para San Aegolius. Los dirigentes de la academia no sabían gran cosa acerca de las pepitas. Los Puros pretendían apoderarse de San Aegolius pero, debido a la presencia de los agentes dobles, su intentona podía verse frustrada.

Pero antes Otulissa deseaba saber algo, e iba a tener que expresarlo con astucia.

—Si bien las pepitas que están en los nidos de huevos sin abrir perturban el cerebro de los polluelos hasta cierto punto, la exposición a ellas es muy distinta en el caso de los adultos.

—¡Oh, sí! ¡Eres muy lista! Es así cómo evitamos

122

ser ofuscados por la luna. La ingestión de pequeñas cantidades de pepitas atenúa de manera considerable los efectos de la ofuscación de luna —explicó Skench.

«¡Justo lo que yo pensaba!» Entonces Otulissa siguió diciendo:

—Bueno, en ese caso, claro está, ustedes conocen la densidad de flujo. —Los otros la miraron con cara de no entender nada—. ¿No conocen la densidad de flujo? Oh, vaya. Entonces tendré que empezar desde el principio...

Otulissa no mencionó en ningún momento que el fuego puede anular la fuerza de las pepitas. No les dijo que había leído que determinados objetos que no contenían pepitas podían adquirir temporalmente los poderes magnéticos de éstas si se los frotaba unos contra otros, ni les habló del metal mu, que protegía de las fuerzas de un campo magnético. Pero sí habló. Habló sin parar, como sólo Otulissa sabía hacerlo. Se inventó algo que llamó las Leyes Pepitasianas Elementales del Musgo, que no eran más que una sarta de disparates.

CAPÍTULO 13

Cita con un herrero ermitaño

En las profundidades del antiguo bosque de Velo de Plata se hallaban las ruinas de un castillo, y en él, en lo alto de uno de los pocos torreones que permanecían en pie, en una muesca en la piedra, estaba posada una lechuza desgreñada y cubierta de cicatrices. Miró con el único ojo que le quedaba a la luna, que salía de detrás de unos jirones de nubes que avanzaban con rapidez. Se avecinaba una tormenta. Volvió su cara, pelada y horrenda, hacia el cortante viento. La herrera ermitaña de Velo de Plata no tardaría en llegar con su nueva máscara. Había amenazado a la vieja y estúpida búho nival con la muerte si no accedía a forjarle la máscara, y entonces la herrera advirtió que le costaría trabajo encontrar los materiales que se necesitaban para fabricar metal mu. El níquel escaseaba en aquellos pagos. Sin embargo lo encontró, después de que el toniente de la Guardia Pura, Wortmore, la hubiera hostigado un poco. Pero ahora Kludd no quería pensar en todo aquello. Prefería reflexionar sobre la idea que se le había ocurrido cuando yacía herido en el hueco del búho pescador castaño, es decir, el plan de poner cerco al Gran Árbol Ga'Hoole con sus secretos del fuego y el magnetismo, sus guerreros y sus sabios. Esa idea le había crispado la molleja y avivado la mente desde el momento de concebirla. No descansaría hasta que hubiera tomado el Gran Árbol.

Vio que, abajo, uno de los miembros de la Guardia Pura subía en espiral seguido por una enorme búho nival.

—¡Tyto Supremo! —exclamó el guardia—. La herrera ermitaña de Velo de Plata ha llegado.

La búho nival parecía nerviosa, y la máscara temblaba en sus garras mientras la sujetaba.

—Entrad en la torre —ordenó Kludd sin volver la cara.

Las dos aves se posaron en el suelo de piedra del torreón. La herrera ermitaña de Velo de Plata depositó la máscara a los pies de Kludd.

—¿Es metal mu de la mejor calidad? —preguntó éste.

—Sí, Tyto Supremo.

La vieja búho nival hizo un gesto de sumisión.

Era bien sabido que todos los herreros ermitaños eran aves solitarias. Vivían en cuevas y rara vez se relacionaban con sus congéneres salvo por asuntos relacionados con su trabajo: fabricar garras de combate, yelmos, escudos y algún que otro cubo. Algunos actuaban como confidentes al servicio del Gran Árbol Ga'Hoole. Porque, incluso en el aislamiento en que vivían, presenciaban muchas cosas y recababan información inaccesible para otros. Las aves con las que trataban solían hablar mucho mientras les probaban las garras de combate. Sin embargo, a aquella búho nival nunca le había interesado hacerse confidente.

Ahora, mientras ajustaba la máscara a la horriblemente mutilada cara de Kludd, se dio cuenta de que aquella ave era distinta a todas las que había conocido hasta entonces. Permanecía callada, y su silencio era tan denso como los metales que la herrera forjaba en su fragua. Sin embargo, percibió algo terrible en aquel silencio y deseó que aquel pajarraco hablara, dijera algo. Sintió la necesidad de saber qué tramaba. Los búhos nivales poseen un instinto muy refinado que les permite advertir el peligro, anticiparse al tiempo y a determinados fenómenos celestes. Si lo que presentía era cierto, por primera vez en su vida estaba tentada de hacerse confidente.

De pronto la herrera ermitaña de Velo de Plata tuvo una idea. Tosió un par de veces.

—¿Sabéis?, he diseñado unas nuevas garras de combate. Algunos las consideran excelentes, pues son ligeras en la batalla y muy afiladas. Si queréis que uno de vuestros tenientes las use, se las colocaré en mi fragua con mucho gusto. Y gratis. Os las dejaría de prueba.

—¿Dices que son ligeras? —preguntó el Tyto Supremo.

—Oh, sí, muy ligeras, y tienen un nuevo filo muy punzante. Corta la carne de maravilla. —La herrera casi podía percibir la agitación que sacudía la molleja del Tyto Supremo—. Sin duda ya sabéis que aprendí mi oficio en la isla del Ave Oscura.

El Tyto Supremo la interrumpió.

—¿El Ave Oscura de los Reinos del Norte?

—Sí, señor... Quiero decir, Tyto Supremo.

—¡Wortmore! Que venga Wortmore —le ordenó Kludd.

La vieja búho nival experimentó un temblor en la molleja. Aquel a quien habían mandado para hostigarla iba a volver a su fragua para probarse las garras de combate.

La herrera ermitaña de Velo de Plata trató de impedir que le temblaran las patas mientras forjaba a martillazos la tercera garra metálica en una curva más cerrada, de modo que encajara perfectamente en la pata izquierda de Wortmore.

—El Tyto Supremo y yo somos exactamente del mismo tamaño, ¿sabes? De manera que lo que me viene bien a mí le viene bien a él.

Ahora Wortmore se mostraba muy simpático. Hasta se había disculpado por haber hostigado a la herrera.

«Pero las órdenes son las órdenes», había alegado. Y susurró que tenía cierta debilidad por los búhos nivales como ella.

«Estupendo», pensó la herrera. Pero mantuvo el pico cerrado y se limitó a desempeñar su papel en la conversación.

—Bien, si al Tyto Supremo le gustan, ¿cuántas crees que necesitará?

—Bueno, las suficientes para la Guardia Pura, y en esa división hay ochenta aves o más.

—¡Cielos, son bastantes!

—Oh, sí, y eso sólo en la Guardia Pura. Tenemos muchas más divisiones, y para cuando tenga lugar la Gran Concentración el número de esa guardia se triplicará.

Wortmore se interrumpió como si quisiera contar.

—¿La Gran Concentración? —preguntó la vieja búho nival.

—Sí, en el cabo Glaux.

¡El cabo Glaux! Sólo podía haber una razón por la que se congregaran en aquel cabo azotado por los vientos que se adentraba en las aguas más turbulentas del mar de Hoolemere. Ésa era la ruta más rápida y directa a la isla de Hoole. Se trataba de una travesía arriesgada para la mayoría de las aves, exceptuando los propios Guardianes de Ga'Hoole y tal vez las águilas. Y eso fue precisamente lo que la herrera ermitaña de Velo de Plata pensó que debía hacer ahora. Tenía que ir a ver a las dos águilas de Ambala, las que vivían con la extraña cárabo manchado llamada Mist. Era un poco confidente, y quizá sabía algo acerca de esa concentración en el cabo Glaux.

Tan pronto como Wortmore se hubo marchado, con sus nuevas garras de combate refulgiendo a la luz de la luna, la herrera ermitaña de Velo de Plata comenzó a recoger sus escasas pertenencias. Debía encontrar una nueva residencia, de eso no cabía ninguna duda. Por nada del mundo se dedicaría a fabricar garras para los Puros. Había llevado una vida larga y provechosa en aquellos viejos bosques, pero podía instalar su herrería en otro lugar. Ambala no estaría mal, sobre todo teniendo en cuenta que, de todos modos, se dirigía hacia allí para hablar con las águilas. Metió el martillo, las tenazas, algunas de las mejores muestras de su trabajo y la caja metálica de brasas para encender su hoguera en una bolsa confeccionada con pieles de zorros rojos que había cazado unos años atrás. Tiró fuertemente de los cordones y, sujetando la bolsa con sus garras, se elevó hacia la noche. Se dirigió al sur sudeste, hacia el rincón de Ambala donde las águilas convivían con Mist.

CAPÍTULO 14

Huida

S oren se aupó al nido que tenía asignado en la incubadora. Debajo había tres huevos sustraídos del nido de un cárabo de franjas en el bosque de las Sombras. Era un milagro que todos los miembros de la brigada de brigadas estuvieran en la incubadora, sirviendo
como cluecas o como cuidadores de musgo. Les había
costado mucho trabajo, especialmente a Otulissa. Todos se quedaron estupefactos cuando ésta les habló de
la agente doble. Durante varios días había estado sumi-
nistrando a Skench y Spoorn un torrente incesante de
información falsa, con lo que había obtenido muchos
privilegios. Mediante una combinación de astucia, posición privilegiada y más información falsa se las había
arreglado para conseguir puestos en la incubadora para
todos ellos. Y desde allí planeaban escapar.

Habría sido mejor huir por la noche, pero en ese

momento había luna llena, de modo que tenían que estar en el glaucídium para someterse a la ofuscación de luna, cuyos efectos habían logrado resistir mediante su estrategia de concentrarse por entero en el ciclo de leyendas de Ga'Hoole. Y ahora, cuando amaneciera, tratarían de salir. No les bastaría con recordar las leyendas. Tan sólo contaban con sus garras, sus picos y sus potentes alas. Si todo salía bien, tal vez podrían escapar sin encontrar demasiada resistencia. Habían planeado una maniobra de distracción que les permitiría escabullirse. Soren trató de desechar sus temores. Debía recordar que, a diferencia de la primera vez que había huido de San Aegolius, ahora sabía volar. Él y Gylfie nunca habían volado de verdad hasta que se escaparon de la biblioteca de la academia un año atrás. Apenas les habían salido las plumas de las alas, y la única escapatoria de aquella biblioteca era hacia arriba. También desde la incubadora tendrían que ascender, pero había un poco más de espacio para desplegar las alas e impulsarse en el aire.

Su plan era sencillo. Una vez que Otulissa les hubo hablado de la agente doble, Soren, Gylfie y Ruby habían empezado a descubrir a otros espías. Otulissa les había pedido que estuvieran al acecho para detectar a los agentes dobles —los renegados— que ayudaban a Uklah llevándose las pepitas de los nidos. Cuando hubieran averiguado cuáles eran esas aves, podrían poner en práctica su plan de huida. Hacía sólo dos días que habían identificado a todos los renegados. Y ahora se proponían desenmascararlos. Se produciría una gran pelea. Lechuzas comunes contra lechuzas comunes. Agentes contra agentes dobles. Correría la sangre, volarían las plumas. Y la brigada de brigadas aprovecharía aquella confusión para evadirse.

Soren giró la cabeza en una circunferencia casi completa. Todos estaban en sus puestos. Martin, Digger y Otulissa recorrían los caminos trillados con sus pequeños fardos de musgo y los introducían en los nidos para proteger y aislar los huevos. Soren, Ruby y Twilight se hallaban sobre sendos nidos. De todos ellos, Twilight había sido el que peor lo había pasado en San Aegolius. Independiente por naturaleza, orgulloso de su experiencia en «el orfanato del duro aprendizaje», la academia le exigía todo lo contrario: sumisión absoluta, humildad y obediencia incondicional. Sin embargo, Twilight se había revelado como un magnífico actor. Aquella noche ya no tendría que actuar. Sería él quien instigaría a la reyerta desenmascarando a los agentes renegados.

Un cuidador de musgo, una lechuza común, se encaminaba hacia el nido sobre el que Twilight estaba posado. Era uno de los renegados. «¡Perfecto!», pensó Soren. Habían estado esperando una oportunidad como ésa. Un espía acababa de depositar pepitas, y ahora otro, un agente doble, se disponía a recuperarlas. Twilight los desenmascararía a ambos.

—¡Lechuzas comunes! —Twilight bostezó antes

de añadir gruñendo—: Ese colega tuyo, 78-2, acaba de traerme musgo fresco y ahora vienes tú a llevártelo.

El silencio cayó como una losa sobre la incubadora.

—¿Qué has dicho? —preguntó el renegado, olvidando la prohibición de hacer preguntas.

—¡Eh!, aquí ocurre lo mismo —intervino Ruby—. Dejad tranquilas a las cluecas. Estas lechuzas comunes...

No pudo terminar la frase. De repente, la lechuza común que momentos antes había introducido musgo en el nido de Twilight cruzó volando la incubadora. De un zarpazo, acuchilló con sus garras la cabeza del agente doble.

—¡Pelea! —gritó Twilight.

En un instante, la incubadora fue un estallido de plumas. Al principio sólo luchaban lechuzas comunes entre sí, y el propio Soren tuvo que esquivar multitud de golpes mientras se encaminaba hacia el borde de la incubadora. Pero las aves que no eran lechuzas comunes también se sintieron traicionadas, por lo que se sumaron a la reyerta. Atacaban indiscriminadamente a las lechuzas comunes, porque todas ellas eran espías y enemigos de San Aegolius.

Ahora, Finny volaba directamente hacia Soren.

—¡82-85, tú también estás metido en esto!

Su voz crujió como hacen los grandes árboles podridos azotados por las tormentas de invierno. La cicatriz dentada, semejante a un rayo negro sobre su cara blanquísima, destellaba amenazadoramente.

—Voy a averiguar a qué sabe una lechuza común.

Ahora su voz parecía rezumar apetito sólo de pensar en aquel bocado. Soren recordó el gusto de Finny por comer huevos sin abrir y polluelos recién nacidos. Lo olía en ella, y le provocó náuseas. Finny avanzaba directamente hacia él, con las garras extendidas para atacar y el pico abierto.

—¡Comedora de huevos! —gritó Soren, y salió huyendo.

Finny siguió acercándosele. Su nauseabundo hedor se propagaba por el aire inmóvil de la incubadora. Soren sintió una cuchillada en las plumas de su cola cuando otra lechuza que pasaba por allí lo atacó por la retaguardia. Vio gotitas de sangre por los aires. Finny lo acorralaba hacia un rincón. Allí no tendría espacio para volar. ¡Aquella búho nival era el doble de su tamaño! De pronto se oyó una voz, y una cantinela se adueñó del ambiente. Era Twilight entonando una de sus pullas, que resonó en la incubadora mientras el cárabo lapón volaba derecho hacia Finny.

> Oh, Tita esto y Tita lo otro,
> no eres más que un bicho asqueroso.
> Uno, dos, tres, cuatro,
> te tengo reservado un regalo.
> Cinco, seis, siete, ocho,
> eres un pajarraco apestoso.
> Nueve, diez, once, doce,

despídete de tu falso mote.
¡Haré un guisado de comehuevos
para chuparse los dedos!

Tita estaba a punto de perder el control del vuelo. Se dejó caer hasta el suelo con los ojos vidriosos, hipnotizados por el terror, mientras Twilight bailoteaba en el aire por encima de su cabeza. Soren sacó las garras, la derribó y alzó el vuelo.

—¡Salgamos de aquí!

—¡Espera! —exclamó Twilight—. No he terminado. Se me ocurre otra estrofa.

—¿Te has vuelto loco? —gritó Otulissa.

—¡Vamos, Twilight!

Gylfie pasó por su lado y entonces, de repente, Finny pareció volver en sí. Miró a Gylfie, extendió una pata y la hizo caer al suelo. La pequeña mochuelo duende se echó a temblar en un rincón al ver aproximarse a la enorme y encolerizada búho nival.

—¡Te conozco! ¡Te conozco! —repetía Finny—. Y también conozco a tu amigo, 82-85, sólo que ese jovencito era 12-1 cuando estuvo en mi pozo.

Soren, suspendido en las alturas, no daba crédito a lo que estaba viendo. Tita había extendido una pata para sujetar a Gylfie por el cuello con sus garras. Sin pensárselo, Soren plegó las alas y, a una velocidad de vértigo, se lanzó en picado. La sola fuerza de su embestida bastó para derribar a Finny. Una mancha grisácea se impulsó en el aire. De un zarpazo, Soren abrió la vieja cicatriz que la búho nival tenía en el cuello. Sus plumas blancas se tiñeron de rojo.

—¡Soren, detrás de ti! —gritó Otulissa.

Era Skench.

—¡De modo que tú eres un impostor! —chilló—. Eres uno de los que se escapó de la biblioteca.

Spoorn no tardó en llegar con dos guardias, unos búhos comunes enormes. Cuatro contra uno. No bastaría con una pulla de Twilight. No había nada que hacer. Aquello era el fin para Soren. Sólo esperaba que los demás continuaran sin él. Tenían que salvarse. ¡Debían hacerlo!

Pero en ese momento oyó la voz de Gylfie justo encima de su cabeza.

—Érase una vez, antes de que hubiera reinos de lechuzas y otras aves rapaces nocturnas, en una época de guerras sin tregua, un ave nacida en el país de las Grandes Aguas del Norte que se llamaba Hoole. Ésta es la primera leyenda de Ga'Hoole y de cómo llegó a existir el Gran Árbol. Hay quien dice que echaron a esa ave llamada Hoole un encantamiento en el momento de salir del huevo.

Skench, Spoorn y los otros dos búhos se detuvieron. Sus alas pendieron inmóviles a los lados. De haber estado volando, se habrían desplomado al suelo, pero perdieron el control de las alas mientras se encontraban posados. «Gylfie está haciendo lo que hicimos en la cámara de escaldadura de luna: recitar la más poderosa de las leyendas ga'hoolianas —reflexionó Soren—. ¡Cómo se estremecen cada vez que oyen pronunciar la palabra Hoole o Ga'Hoole!»

La voz de Soren se unió a la de Gylfie.

—Decían que aquella ave llamada Hoole había recibido dones naturales de un poder extraordinario. Pero lo que se sabía con certeza de ella era que movió a otros a grandes y nobles gestas. Aunque no portaba ninguna corona de oro, los demás la reconocían como rey. Había nacido en un bosque de árboles altos y rectos, en un momento en que discurrían despacio los segundos entre el último minuto del viejo año y el primer minuto del nuevo, y aquella noche el bosque estaba recubierto de hielo.

Con gran delicadeza, Soren batió sus alas y se elevó a la luz del alba. Siguió recitando la primera leyenda, la que se conocía como la Venida de Hoole.

Y entonces se fueron: siete valientes se perdieron en el amanecer. San Aegolius quedó atrás. Ante ellos se extendían los magníficos bosques de Ambala; directamente hacia el norte se hallaban Los Yermos; girando dos puntos al nordeste encontrarían Velo de Plata; cruzarían la ensenada hacia el cabo Glaux y, finalmente, sobrevolarían el mar de Hoolemere hasta la isla de Hoole y el Gran Árbol Ga'Hoole.

CAPÍTULO 15

Reencuentro con una vieja amiga

Un pequeño lago relucía a la luz del sol de aquella fría y despejada mañana de invierno. Los siete amigos volaban sobre Ambala, pero era demasiado peligroso continuar a plena luz del día. Podían ser asaltados por cuervos. Y aunque la cola de Soren había dejado de sangrar allí donde había recibido el corte, le dolía. Tenía la sensación de que el cañón de una de las plumas de su cola se había roto. Cada vez que intentaba virar con las plumas timoneras sentía dolor, y sus giros eran chapuceros. Avistó en tierra un sicomoro grande que crecía a la orilla del lago.

—Listos para tomar tierra. Sicomoro a la vista —anunció Soren.

Todas empezaron a inclinarse. Soren se tambaleó

mientras descendían en círculo. Finalmente, los siete se posaron en una rama larga que salía del tronco del árbol y se extendía sobre el lago. Había un hueco amplio que podía albergar fácilmente a todos durante un día. Pero cuando se disponían a entrar en él, un joven cárabo manchado apareció y planeó sobre sus cabezas.

—Yo que vosotros no entraría ahí —dijo.

—¿Por qué no? —quiso saber Gylfie.

—Porque está encantado.

—¿Encantado por quién? —preguntó Otulissa con irritación al mismo tiempo que avanzaba.

—Por el espectro de un búho pescador castaño.

—En efecto, huele a pescado.

Twilight había asomado la cabeza dentro de la oquedad.

—Fue asesinado —explicó el cárabo manchado.

—¿Asesinado? —corearon todos con voz entrecortada.

—Sí.

—¿Quién lo mató? —preguntó Digger.

—Pico de Metal.

Al oír mencionar el apodo de Kludd, Soren estuvo a punto de caerse de la rama. Si Digger no se hubiera apresurado a extender un ala para sostenerlo, habría dado con sus huesos en tierra. El cárabo manchado siguió planeando, aparentemente satisfecho de haber impresionado a aquellas aves tan duras y con pinta de tener mucho mundo.

—¿A qué te refieres? —preguntó Gylfie con aspereza.

—Bueno, ese búho pescador castaño trató de ayudar a Pico de Metal. Éste llegó aquí casi en llamas, con las plumas humeando, la máscara derretida, más muerto que vivo. El búho pescador lo curó; sin embargo, tan pronto como Pico de Metal se hubo restablecido, se volvió contra el búho y lo mató. ¡Así se lo agradeció! ¿Os lo podéis creer?

Por desgracia todos lo creyeron.

—¿De modo que es el espectro del búho pescador castaño el que ha encantado este lugar? —preguntó Otulissa.

—Eso dicen —respondió el cárabo manchado en tono informal.

—Bueno, pues que lo digan —continuó Otulissa—. Yo no creo en espectros. Además, si ese espectro existe, debe de ser un buen tipo y quizá pueda curar a Soren, que tiene el cañón de una de las plumas de la cola roto.

—¡Vaya! Eso debe de doler —observó el desconocido.

—Ya lo creo que duele —dijo Soren, algo repuesto del susto recibido al oír mencionar a su hermano.

Experimentaba punzadas de dolor por todo el cuerpo.

—¿Cómo te llamas? —indagó Digger.

—Hortense —contestó el cárabo manchado.

—¡Hortense! —gritaron Soren y Gylfie al unísono.

141

Soren olvidó su dolor por completo.

—No puedes llamarte Hortense —objetó Ruby—. Ése es nombre de hembra, y tú eres un macho.

—En el bosque de Ambala no importa que seas macho o hembra. Es un gran honor llamarse Hortense. Fue una heroína sin igual. En Ambala se conoce a un héroe con un solo nombre: Hortense.

Mientras hablaba, el pequeño cárabo manchado se había posado en la rama. Ahora, quizás inducido por sus propias palabras, se creyó en la obligación de intentar algo heroico para hacer honor a su nombre.

—Sé donde hay gusanos gordos que podrían irle bien a ese cañón de pluma roto. ¿Queréis que traiga unos cuantos?

—Oh, sería muy amable de tu parte —dijo Gylfie.

—Iré contigo —se ofreció Digger—. Cuantos más gusanos, mejor.

Encantado o no, el hueco del árbol resultaba acogedor, a pesar del hedor a pescado. Digger y Hortense no tardaron en regresar con los gusanos. Otulissa y Gylfie los colocaron lo mejor que pudieron en la base de las plumas timoneras de Soren.

—Ojalá la Señora Plithiver estuviera aquí. —Gylfie suspiró—. Las serpientes nodrizas son mucho mejores en esto que nosotras.

Si bien los gusanos mitigaron el dolor, a Soren pareció subirle la fiebre a medida que avanzaba el día. Había contraído una infección. Cuando cayó la noche, se mostraba muy inquieto y desde luego no estaba en condiciones de volar. Sencillamente sería demasiado peligroso para él viajar en su estado, de modo que decidieron quedarse. Hacia medianoche, la respiración de Soren se tornó irregular y pesada. Daba la impresión de que le costaba trabajo respirar. Sus seis compañeros estaban más asustados que nunca. Un pensamiento los invadía: «¿Se estará muriendo Soren?» No era posible después de todo aquello por lo que habían pasado. Habían combatido a Pico de Metal y los Puros. Habían estado en San Aegolius y habían escapado. El propio Soren había degollado a Finny. No, Glaux bendito, aquello no podía ser real. Pero el sonido de la respiración de Soren era terrible. Parecía sacudir el árbol entero. Observaron cómo palpitaba su pecho con cada respiración. Sus ojos se abrían y se cerraban, para abrirse de nuevo sin reconocer nada. Todos estaban desesperados. Cuando Hortense regresó con una nueva provisión de gusanos, Twilight salió a la rama.

—Los gusanos no dan resultado. ¿Qué más podemos hacer? ¿Hay por aquí cerca serpientes nodrizas que puedan ayudarnos? ¿Hay alguien?

El cárabo manchado reflexionó unos momentos. Había un sitio al que podía acudir, pero daba miedo. Se trataba de la peña en la que vivían dos águilas extrañas con una cárabo manchado aún más rara llamada Mist. No eran muy amistosas, y los padres de Hortense decían que era mejor dejarlas en paz. En los alrededores residían también muchos cuervos. Y de camino a la aguilera había una arboleda infestada de serpientes voladoras. No tenían alas, ni siquiera alerones como determinadas ardillas voladoras, pero surcaban el aire en espectaculares saltos y espirales, vueltas y giros, deslizándose entre las copas de los árboles. Se las consideraba muy venenosas; sin embargo, había quien decía que su veneno, en pequeñas dosis, tenía propiedades curativas. Aun así, era una empresa arriesgada, pues tenían fama de estar hambrientas y ser malvadas. Las águilas habían hecho las paces con las serpientes voladoras, pero en realidad eran las únicas aves que lo habían conseguido.

—¿Puedes hacer algo para ayudarnos? —Gylfie se había acercado a Hortense. Temblaba de tristeza y miedo—. Tenemos que salvarlo.

Hortense sacudió la cabeza.

—Yo... Yo... no puedo hacer nada.

Se volvió y levantó el vuelo. Sabía que a la mañana siguiente aquel joven ejemplar de lechuza común estaría muerto.

Hortense dio vueltas y vueltas a través del bosque. Por alguna razón, no se atrevía a volver a casa. Sus padres tenían una nueva pollada que estaría piando, reclamando comida y atención. Siguió volando. Se preguntó si uno de los nuevos polluelos se llamaría Hortense. Le resultaría difícil de aceptar. Volvió a pensar en el joven pollo de lechuza común moribundo y parpadeó.

Jamás sabría a ciencia cierta qué lo impulsó a hacerlo, pero de repente describió un giro amplio y ascendió hacia el cielo, cada vez más alto. Ahora sobrevolaba el bosque y se dirigía hacia la aguilera situada en el pico más elevado de la montaña de Ambala. Le temblaba la molleja y apenas podía estabilizar las alas.

De pronto, un espeluznante garabato de color verde luminoso surgió de la oscuridad. «No voy a perder el control. No voy a perderlo», se repitió el cárabo manchado. Esquivó a la serpiente voladora con rapidez.

Otras tres serpientes salieron de la negrura, pero Hortense continuó. Entonces notó la presencia de algo que volaba cerca de él. No era una serpiente, pero no acertaba a distinguir de qué se trataba. Era como si se hubiera desprendido un fragmento de nube y flotara lentamente a la deriva unas veces detrás de él, otras veces a un lado o bien delante. Pero, desde aquella aparición, no había habido más serpientes voladoras.

Al aproximarse a la guarida de las dos enormes águilas las vio. Se posó al borde del nido, que parecía tan grande como las copas de los árboles sobre las que había estado volando.

—¿Qué te ha traído hasta aquí, jovencito?

Era el macho quien había hablado. Corría el rumor de que su pareja no podía articular palabra porque le habían arrancado la lengua en una batalla.

—Ahí abajo hay un joven ejemplar de lechuza común. —El cárabo manchado giró la cabeza en dirección al lago—. Le acompañan seis aves más, y creo que se está muriendo. Sus amigos están muy preocupados. Los gusanos no dan resultado.

Le pareció oír un suave siseo procedente del lugar donde se había instalado el retazo de nube. Miró en aquella dirección, pero no vio nada. Habría jurado que se asemejaba a la risa de otro cárabo manchado.

—Háblame un poco de ese jovencito y sus amigos —le pidió el águila macho.

Hortense sabía que la hembra escuchaba con atención y que, sin mediar palabra, se intercambiaban signos entre ambos.

—Bueno, se han instalado en el hueco de ese viejo sicomoro, el que está encantado.

—¡Ejem!, eso dicen —comentó el águila macho—. Allí donde el pobre Simon encontró la muerte. Simon, que sólo deseaba hacer el bien.

El macho suspiró. El cárabo manchado habría jurado haber oído otro suspiro, semejante a un leve susurro. No era la hembra, pero cuando Hortense miró alrededor, no vio a nadie más.

—Además del herido, allí está su mejor amiga, una pequeña mochuelo duende. —Notó una especie de corriente a través del aire—. También hay un mochuelo excavador, y un enorme cárabo lapón que parece un tipo muy duro.

Las dos águilas se miraron como diciendo: «¿Podría ser?». Hortense siguió describiendo a los otros tres, pero las águilas no demostraron ningún interés.

—¡Ve a buscar a Slynella! —ordenó el macho a su pareja.

La hembra levantó el vuelo enseguida, y el cárabo manchado volvió a ver un jirón de niebla, no más grande que una lechuza joven, flotando junto al águila. «¿Será un espectro?», se preguntó Hortense.

No, cuanto más la miraba, más nitidez adquiría aquella forma. Era una hembra de cárabo manchado, pero muy pálida, que describía una trayectoria sinuosa. Debía de ser el ave a la que llamaban Mist. Finalmente consiguió verla.

El águila hembra y Mist regresaron con una serpiente voladora. Resplandecía como un rayo de color verde.

—Te presento a Slynella —anunció el águila macho.

El joven cárabo manchado se puso a temblar incontroladamente. Si hubiera estado volando en lugar de permanecer posado junto al nido de las águilas, se habría desplomado al suelo, pues perdió la fuerza de las alas y le colgaron a los lados como dos losas. La serpiente giró su cabeza achatada hacia él y lo miró fijamente con sus brillantes ojos turquesa al tiempo que sacaba la lengua, bífida y reluciente. Era la lengua más extraña que Hortense había visto nunca. Tenía un lado de color marfil pálido y el otro carmesí.

—Mucho gussssto —siseó la lengua bicolor.

—Tranquilízate —dijo el águila macho a Hortense—. No va a hacerte daño.

«"Tranquilízate", dice. Debe de estar loco.» Hortense sabía que a escasos centímetros de él se encontraba un animal con veneno suficiente para acabar con un reino entero de aves rapaces nocturnas.

—Slynella nos acompañará hasta el sicomoro. Si aplica con cuidado su veneno a la herida, ese jovencito común podría salvarse. —El águila hizo una pausa—. Si no es demasiado tarde.

Gylfie lloraba en silencio en un rincón del hueco. Los otros cinco estaban agazapados entre las sombras, impotentes y demasiado tristes para moverse. Hortense no oía ninguna respiración irregular y pensó que el macho de lechuza común debía de haber muerto. Pero entonces percibió un leve movimiento en las plumas del pecho del enfermo. Puesto que la oquedad no era lo bastante amplia para que las águilas pudieran entrar, la hembra se limitó a asomar la cabeza para ver cuál era la situación. Entonces, con su actitud silenciosa, comunicó algo a su pareja.

—Ponte a trabajar, Slynella —dijo el águila macho—. Es un ave decente.

En ese momento, Digger, Gylfie y Twilight parpadearon. Aquéllas eran las águilas que los habían salvado en el desierto.

—¡Zan! ¡Streak! —exclamó Gylfie—. ¿Qué hacéis aquí?

Siguió un gran revuelo. Todos se arrimaron a las paredes del hueco cuando Slynella, con un movimiento sinuoso, entró y se colgó formado una «S» de un espolón de madera que sobresalía justo encima de Soren.

—Calmaos. Esta serpiente es la única esperanza de Soren: sólo tiene veneno en un lado de su lengua bífida, y si lo mezcla con el contenido del otro lado, obtiene una medicina eficaz para curar una infección.

Los seis amigos retrocedieron.

La serpiente bajó hasta situar su cabeza justo encima de la pluma de cola rota de Soren. Agitándose furiosamente, su lengua buscó el cañón partido.

—Primero tengo que arrancar el cañón. Roto no ssssirve para nada. Entoncessss podré alcanzar la herida con mi lengua.

Gylfie se acurrucó contra Twilight. Sólo de pensar en aquella lengua sondeando la herida de Soren le flaqueaban las patas.

En su estado febril, éste vio algo verde y luminoso oscilando sobre él. ¿Acaso la horrible cicatriz de Finny se había vuelto verde? ¿Era ahora un rayo de color verde? Se sentía fascinado. Pero ¿por qué se apartaban todos los demás? No había nada que temer. Estaba seguro de ello. Su cabeza se llenó de pensamientos.

«Vamos, amigos. No hay nada que temer. ¡Hola, Hortense! Hortense, creía que habías muerto. No, ese

Hortense no. La Hortense de verdad. La que Finny despeñó desde el risco más alto de la incubadora. ¿Cómo sobreviviste, Hortense?»

«Streak me cogió. Llegó en el último momento.»

«Por favor, Hortense, no me digas que eres un espectro. Conocí a los espectros de mis padres. Fue muy triste. Por favor, Hortense, tú no puedes ser un espectro. Me fastidia pensar en eso.»

«Vaya, vaya, has adoptado un vocabulario muy grosero desde la última vez que nos vimos.»

«Hablo en serio, Hortense. Esta conversación no sólo existe dentro de mi cabeza, ¿verdad? ¿Como ocurre con los espectros?»

—¡De ninguna manera! —La voz de Gylfie se abrió camino a través del miasma de fiebre y dolor—. No me lo puedo creer. ¡Es Hortense!

—¿Cuántos Hortenses hay por aquí? —preguntó Martin.

—Sólo una, la auténtica, la original —respondió Streak, asomando la cabeza al interior del hueco—. Pero ahora prefiere que la llamen Mist.

—Sí, es cierto —afirmó la verdadera Hortense.

—¿Qué ha sido de ese otro Hortense? —preguntó Twilight.

—Lo hemos mandado a casa —contestó Streak—. Un jovencito valiente, ¿verdad? Me parece que ha hecho honor a su nombre.

—Es valiente, sí —dijo la Hortense auténtica—. Creo

que es por eso que pudo verme a pesar de mi estado desvaído y un poco andrajoso. Pero yo quería que ésta fuese una reunión de viejos amigos —añadió, mirando a Digger, Gylfie, Twilight y Soren.

—¿Soren se recuperará? —quiso saber Gylfie.

—Creo que saldrá de ésta —le contestó Streak.

Soren abrió los ojos. La nebulosidad que atenuaba su brillo negro e intenso se había desvanecido.

—No me lo puedo creer. Hortense, Streak, Zan... estáis todos aquí. Todos vivos.

—¡Y tú! —La voz de Gylfie se quebró—. Estás vivo, Soren. ¡Vivo!

CAPÍTULO 16

¡A volar, compañeros! ¡A volar!

Veréis, esa herrera, la herrera ermitaña de... —empezó a decir Streak.

—La herrera ermitaña de Velo de Plata —dejó escapar Twilight.

—La conocemos —dijo Digger.

—Es hermana de Madame Plonk —agregó Gylfie.

Madame Plonk era la elegante cantante del Gran Árbol Ga'Hoole.

—Bueno, vino a vernos a Zan y a mí. Pero en realidad preguntó por Mist. Aparentemente lo ve todo, y a veces sueña cosas que acaban sucediendo.

—Sólo a veces —precisó Mist—. Soren y Gylfie, ¿recordáis que os dije que debido a los ricos depósitos de pepitas que abundan en los arroyos de Ambala las aves rapaces de aquella región pueden ser afortunadas o desgraciadas?

Gylfie asintió.

—¿Recordáis que os dije que mis alas eran pequeñas y deformes debido a las pepitas, y que tuve una abuela que perdió la cabeza del todo, pero que mi padre veía a través de las rocas? Pues bien, yo no puedo ver a través de las piedras, pero a veces tengo sueños que parecen..., ¿cómo lo diría?, adivinar el futuro. Veo cosas que en ocasiones terminan por suceder.

»Desde aquella noche en que vi a ese joven macho de lechuza común al que llaman Pico de Metal matar a Simon, he albergado malos presagios. Glaux bendito, no me di cuenta de que era tu hermano, Soren.

Éste parpadeó. Cuanto más oía hablar de la muerte de aquel buen peregrino llamado Simon, un Hermano de Glaux, peor se sentía. Se consideraba responsable en parte de su muerte. Porque si él no hubiera herido a Kludd de un modo tan terrible, Simon jamás se habría cruzado con su hermano para intentar devolverle la salud.

Hortense siguió hablando:

—Empecé a tener sueños. Soñé con una gran concentración en un promontorio que se adentra en el mar de Hoolemere, aunque era todo muy impreciso. Resultaba difícil comprender el significado de aquel sueño, pero entonces vino a vernos aquella herrera ermitaña que no nos dijo su nombre. Estaba tan inquieta que apenas podía hablar; aun así, nos contó que se había enterado, por fuentes fidedignas, de que aquel espantoso grupo que se hace llamar los Puros está encabezado por tu hermano, y que han estado reclutando lechuzas comunes procedentes de todos los reinos y bosques. Dijo que se están congregando en el cabo Glaux.

Se hizo el silencio en el hueco mientras todos miraban a la desvaída y frágil Hortense.

—¡El cabo Glaux! —exclamó Soren por fin—. Nadie permanecería en el cabo Glaux en esta época del año, a menos que...

—Sí, exactamente —dijo Hortense—. A menos que se propusieran invadir la isla de Hoole.

—¡Debemos regresar ahora mismo! —dijo Soren.

—Soren —intervino Gylfie—, no estás lo bastante recuperado. Los fuertes vientos invernales están empezando a soplar a través de Hoolemere. Te falta una pluma timonera, y no vuelven a salir de la noche a la mañana. ¿Cómo lo harás para virar?

—Tenemos que irnos. Debemos advertir al Gran Árbol. Lo conseguiré.

Los ojos negros de Soren miraron fijamente a la pequeña mochuelo duende. Gylfie lo conocía lo suficiente para saber que no se dejaría convencer.

De modo que aquella noche, cuando la primera negrura se cernía sobre el bosque de Ambala, los siete amigos hicieron los preparativos para marcharse. No fue una despedida fácil, especialmente para Soren y Gylfie, quienes jamás habrían sospechado que volverían a ver a Hortense.

—No sé cómo daros las gracias —dijo Soren mientras estaban posados en la rama del sicomoro—. Streak y Zan, me habéis salvado una vez más. Hortense, el hecho de que estés viva nos alegra a Gylfie y a mí más de lo que puedas imaginarte. Tu bondad y tu altruismo han sido una inspiración constante para nosotros. Nos encantaría que nos acompañaras al Gran Árbol Ga'Hoole, porque posees la más honrada de las mollejas y un corazón sublime. Serías un caballero y un guardián noble como pocos.

Pero Hortense negó con la cabeza.

—Quizá vaya de visita algún día, pero mi sitio está aquí, en Ambala —dijo.

Entonces Soren se dirigió a Slynella.

—Slynella, te debo la vida. Habrías podido decidir no venir; no obstante, has empleado conmigo tu precioso veneno y eso te ha debilitado, lo sé. Streak y Hortense me han contado que cada vez que una serpiente voladora gasta su veneno, tarda más tiempo en reponerlo. Fue todo un sacrificio acceder a hacerlo sin demora. ¿Cómo puedo agradecértelo?

—Digno. Eresss digno. Un amigo de Sssstreak, de Zzzzan y de Missssst essss muy digno. Ssssoren esss amigo ssssuyo.

Mientras hablaba, Slynella se retorcía formando y deshaciendo sus dibujos en forma de «S», resplandeciendo en la primera negrura.

Luego, cuando la luna menguante apareció en el cielo, los siete amigos se elevaron en la noche. La brigada de brigadas regresaba a casa, pero no sin antes detenerse en los acantilados envueltos en la niebla del cabo Glaux para comprobar si era cierto lo que la herrera ermitaña de Velo de Plata había contado.

La noche se aclaraba a medida que el negro daba paso al gris. Era la hora media, el momento entre el último vestigio del gris y el primer matiz del rosa del alba. Pero aquel día no habría rosa ni ninguno de los tonos pálidos de concha marina que a veces teñían la mañana, por cuanto los vientos invernales soplaban con fuerza. La mañana estaba empapada de espuma y frías cortinas de lluvia. La visibilidad era mínima, y sólo un ave como Twilight, nacido en el límite plateado del tiempo entre el día y la noche, era capaz de ver. Dejó a los demás y voló solo. Twilight podía navegar en aquella hora tenue en la que el mundo no era oscuridad ni luz, en que los contornos y las formas de los objetos se desdibujaban por efecto de las sombras y la niebla y casi parecían desvanecerse.

Ahora, mientras se alejaba de los acantilados azotados por las olas al amparo de la bruma, veía algo que le paralizaba la molleja. Abajo, en el cabo Glaux, se distinguían unas manchas de color blanco entre la niebla gris. Se congregaban allí cientos y cientos de lechuzas comunes, con sus caras pálidas en forma de corazón levantadas hacia el cielo mientras estudiaban el tiempo. No veían a Twilight, porque su plumaje de color gris plateado se confundía perfectamente con la bruma. El cárabo lapón se sumergió en un banco de niebla más bajo. Aguzó los oídos para tratar de captar algo de lo que decían, pero fue en vano. Aun así, planeó animado por una mínima esperanza. Entonces distinguió las siluetas de dos lechuzas comunes que estaban separadas del resto. Probablemente montaban guardia, o quizá se habían apartado para reconocer el estado del mar. Twilight se adentró en la parte más espesa de la niebla y escuchó con atención.

—No podemos volar en estas condiciones, Wortmore —dijo una de las lechuzas comunes, un macho.

—No. Dudo que el Tyto Supremo quiera arriesgarse —respondió su compañero.

—Pero estos invernales no pueden durar siempre.

—Pronto cesarán. El viento debería girar a norte noroeste.

«¡Ni en sueños, estúpidos!», se regocijó Twilight en silencio. Ésa era su oportunidad. La brigada de brigadas sí podía volar en aquellas condiciones. Y entre sus miembros se contaba la brigada del tiempo: Ruby, Otulissa, Soren y Martin. Ellos cuatro podían volar en cualquier circunstancia, pues el maestro Ezylryb los había instruido.

Twilight regresó. Su informe fue breve.

—La mala noticia es que son centenares. Quizás incluso lleguen a un millar. La buena noticia es que no se atreven a volar.

—¿Quizás un millar, has dicho? —preguntó Digger con voz temblorosa.

—Podrían superar en número a las aves del Gran Árbol —murmuró Otulissa—. ¿Cómo pueden ser tantos?

Soren observó a la brigada. Estaban asustados. También él lo estaba. Y el miedo podía ser tan espantoso como una enfermedad, tan terrible como la fiebre a la que había sobrevivido. Podía contagiarse. Podía propagarse haciendo estragos. Tenía que evitarlo como fuera.

—Somos la brigada de brigadas. ¿Lo habéis olvidado? —preguntó Soren—. Ya nos hemos enfrentado con Pico de Metal en una ocasión. Nos hemos introducido en el corazón de la tiranía en los desfiladeros de San Aegolius y hemos salido vivos. Ya habéis oído decir a Twilight que los Puros tienen miedo a volar. Nosotros no debemos temer nada. Sois aves nobles. Jamás ha sido más cierto que nosotros siete, esta brigada de brigadas, somos Guardianes de Ga'Hoole. Nuestra isla está en peligro, así que tenemos que ir a advertirlos y proteger el Gran Árbol con todas nuestras fuerzas. No debemos vacilar, pues la batalla no tardará en llegar a las costas de la isla. De modo que, preparad las alas y apuntad el pico para atravesar los enfurecidos vientos invernales de Hoolemere. Dirigid vuestra molleja a esta misión. ¡A volar, compañeros! ¡A volar!

CAPÍTULO 17

Un libro empapado

Al otro lado del mar de Hoolemere, en una playa con forma de media luna, Ezylryb descendió hasta posarse sobre un montón de algas enredadas. Observó cómo la espuma del mar se rizaba formando festones. Entrecerró los ojos en dirección a la corriente lobeliana. Hacía dos días que había dejado caer sus señales para un experimento meteorológico sobre la oscura corriente que salía de los Estrechos de Hielo. ¡Ah, sí! Distinguió una en una maraña de algas. La corriente avanzaba con rapidez, y el primero de los vientos invernales se cernía sobre ella.

Con su paso vacilante y desgarbado, Ezylryb se encaminó hacia el vistoso manojo de plumas que había teñido y atado a una borla. Pero cuando se disponía a recoger la señal, sus ojos repararon en otro objeto. Era un libro empapado y combado, cuyas letras se corrían en borrones de tinta indescifrables. El viejo instructor sintió que se le agarrotaba la molleja antes de experimentar un espasmo que sacudió todo su cuerpo. Era el libro que le había prestado a Otulissa. A pesar de que la tinta se había corrido, lo reconocería en cualquier parte. ¿Cómo había podido suceder semejante catástrofe?

El viejo autillo bigotudo estaba desconcertado. Su primer impulso fue acudir al Parlamento para denunciar el hecho. Pero luego parpadeó. ¡No! De ninguna manera. No se lo diría a nadie. Dejaría que los hechos siguieran su curso. Se mantendría vigilante y guardaría silencio. El tiempo lo explicaría todo. Sólo estaba seguro de una cosa: aquello no era culpa de Otulissa. Nadie veneraba tanto los libros como ella. Había aprendido el arte de restaurar libros de los Hermanos de Glaux, así que recuperaría aquel ejemplar y lo secaría cuidadosamente al calor de las brasas. Luego lubricaría el lomo. Sí, cuidaría del libro lo mejor que pudiera. Se inclinó para recogerlo con el pico pero, al hacerlo, se oyó un soplo húmedo y susurrante a medio camino entre un suspiro y un gemido, y el lomo del libro se partió. Las hojas empapadas cayeron sobre la playa. Las olas, más juguetonas de lo habitual, chapotearon con fuerza, y Ezylryb observó, atónito, cómo el agua se llevaba los restos del libro y arrastraba sus páginas mar adentro. «Soy un científico —reflexionó—. Soy un racionalista, un pensador sensato. No creo en presagios ni supersticiones. Pero parece avecinarse algo terrible en la cúspide de esos fuertes vientos invernales.»

Y dio la impresión de que, en las páginas estropeadas de un libro maltratado por el mar, se escribía una historia nueva.

«Temo por Hoole —pensó Ezylryb—. ¡Temo por el Gran Árbol!

Kludd estaba posado en el árbol más alto del cabo Glaux. Junto a él se encontraba Nyra, una lechuza común hembra, mirando al Tyto Supremo. Por fin era suyo, y juntos gobernarían el reino de todas las aves rapaces nocturnas, no sólo los meridionales, sino también los Reinos del Norte. Lo había elegido cuando sólo era un polluelo. Cierto que ella era más vieja, pero ¿qué importaba eso? No era mucho mayor que él. Cuando estuvo con el Tyto Supremo anterior era muy joven. Se había fijado en Kludd en una de sus misiones de reclutamiento a través del Reino Forestal de Tyto. Había algo en la mirada de aquel polluelo. Sabía que sería idóneo. El viejo Tyto Supremo no podía vivir eternamente. Sólo ella misma era capaz de dirigir. Pero necesitaban más herederos. Tenía que haber siempre huevos en el nido; debían pensar en el futuro. Todos los reinos habían de ser poblados por Tytos, por Puros. Y así sería, tan pronto como llegaran a la isla de Hoole. Porque sería en esa isla, en el Gran Árbol, donde Kludd y Nyra tendrían su primer nido auténtico, ¡un nido con huevos! ¡Puros jóvenes que nacerían en primavera! Ah, sólo de pensarlo le daba vértigo.

Kludd miró a su pareja. Sus ojos negros resplandecieron enigmáticamente detrás de la máscara. Nyra sabía que estaba ansioso.

—Pronto, querido, pronto. Estos vientos invernales amainarán —le dijo.

Kludd estaba absorto en sus pensamientos. Sí, habría huevos. Pero antes habría muerte. La muerte de su hermano. Él y Nyra la planearían meticulosamente, como habían urdido el asesinato del Tyto Supremo anterior hacía más de un año. Qué emocionantes habían sido aquellos días cuando había abandonado a su patética familia. Desde el principio, desde los primeros momentos de Kludd en el hueco del viejo abeto, supo que había nacido en una familia equivocada. ¡Era distinto a los demás! Ellos eran débiles y estúpidos. Él era fuerte. Lo único que parecía importarles eran aquellas absurdas y viejas leyendas.

Oh, sí, su padre sabía mucho de la historia de los antiguos reinos de lechuzas. Incluso tuvo un bisabuelo que había luchado en la batalla de Little Hoole y perdido un ojo. Pero Noctus, su padre, sólo hablaba de los beneficios de la paz. Ni siquiera les permitía hablar de garras de combate. Eso, desde luego, fue lo que propició la primera pelea importante entre Kludd y Noctus.

Sucedió justo antes de que Soren naciera. Kludd había visto pasar una lechuza común con garras de combate. Jamás olvidaría el fulgor de aquellas garras a través de la frondosa bóveda del bosque en pleno verano. Era deslumbrante. Su molleja se había estremecido de emoción, y creyó que iba a reventar. Durante días fue incapaz de hablar de otra cosa. No lograba entender por qué su padre no tenía ningún interés en visitar al herrero ermitaño que las fabricaba. Entonces comenzaron los asaltos de San Aegolius y circularon rumores sobre el robo de huevos. Otras familias de Tyto empezaron a encargar garras de combate al herrero ermitaño para defender sus huecos, y Kludd pensó que su padre también se haría con unas. Pero aun así Noctus se negó y siguió prohibiendo hablar siquiera del tema.

Un día en que sus padres se habían ausentado con la Señora Plithiver, pasaron por allí unas lechuzas comunes, grandes y fuertes, todas provistas de garras de combate. Una de ellas era Nyra. Se detuvieron para charlar. Kludd apenas podía apartar los ojos de sus relucientes garras. No hablaron de leyendas antiguas, sino de partes de bosques que habían conquistado, pequeños soberanos a los que habían derrocado y, algunos, incluso matado. Nyra era la hembra más grande y hermosa que Kludd había visto nunca. Sus plumas blancas eran tan espesas y brillantes que daba la impresión de contener la luna en su cara.

Kludd averiguó más tarde la historia que contaban acerca de Nyra. Al igual de la antigua Nyra de la que había recibido su nombre, había nacido una noche de eclipse lunar. Según algunos relatos, aquella noche la luna había caído del cielo para aparecer en la cara de un polluelo. Cuando una lechuza nacía en una noche de eclipse, un encantamiento caía sobre ella. A veces ese hechizo era bueno y confería grandeza de espíritu. Pero otras veces era malo y llevaba a la pura maldad. En Nyra, el encantamiento fue malo. Era la lechuza más perversa que podía existir. Y cuando vio a Kludd por primera vez, supo que sería idóneo para el reino con el que soñaba: el reino de los Puros que gobernaría la tierra.

Nyra sabía que, aun siendo un polluelo, su molleja estaba llena de sangre y de ira. Había hablado del joven al antiguo Tyto Supremo, y juntos habían decidido esperar a que aprendiera a volar; entonces lo invitarían a una de sus ceremonias.

Las ceremonias de los Puros eran un poco distintas a las de las demás lechuzas. La mayoría de ellas señalaban el paso de sus jóvenes de pollos a aves maduras con ceremonias que celebraban acontecimientos como el consumo del Primer Pelo con Carne, los Primeros Huesos y el Primer Vuelo. Las ceremonias de los Puros eran pruebas de ferocidad y lealtad, incluso de ira. Porque los Puros valoraban la ira por encima de todo lo demás. La equiparaban a la valentía.

En su primera ceremonia, Kludd tuvo que matar a una serpiente nodriza de una familia vecina. Su siguiente ceremonia le exigió atacar y mutilar a una lechuza, pero no un Tyto, naturalmente. Se buscó a tal efecto una lechuza norteña. Kludd cumplió con creces las expectativas de Nyra y el Tyto Supremo, y demostró ser un asesino tan expeditivo como brutal. La última ceremonia solía ser la más difícil, pues se requería sacrificar a un miembro de la propia familia. Pero Kludd estaba listo para aquella misión. Había detestado a su hermano pequeño, Soren, desde el momento de su nacimiento. Soren se parecía mucho a su padre. Le encantaban las viejas leyendas, no le interesaban para nada las garras de combate y siempre era el polluelo perfecto. Volvía loco a Kludd. De modo que empujarlo fuera del nido le resultó tarea fácil. Estaba seguro de que Soren había muerto. Un pollo indefenso en el suelo toda la noche, incapaz de volar, habría sido una presa sabrosa para un depredador terrestre. Los mapaches pasaban noches enteras devorando lechuzas que no volaban y otros polluelos que caían de los nidos. Cuando no vio ni rastro de Soren a la mañana siguiente, Kludd tuvo la certeza de que los mapaches habían acabado con él. ¡Jamás sospechó que fuera obra de San Aegolius! Y nunca olvidaría su horror cuando Soren acudió volando a rescatar a Ezylryb en el Triángulo del Diablo de Ambala. ¡Soren se había mostrado lleno de una ira que casi igualaba la suya! Kludd no se había sentido tan desconcertado en toda su vida, y nunca había odiado tanto a Soren. De hecho, jamás había odiado tanto. Ni siquiera cuando se había enfrentado al anterior Tyto Supremo para obtener el favor de Nyra y había quedado lisiado por vez primera.

Pero, incluso mutilado, Kludd resultaba atractivo para Nyra. Ella lo quería más de como lo había hecho nunca su propia familia. A sus ojos, él no hacía nada mal. La pasión que sentía por él era grande, inmensa, y lo hacía poderoso. Nyra hablaba a veces con fragmentos de una antigua lengua de las lechuzas de los Reinos del Norte, de donde era originaria. Le decía con su adorable voz cantarina:

Erraghh tuoy mik in strah.
Erraghh tuoy frihl in mi murm frissah di Naftur, regno di frahmm.
Erraghh tuoy bity mi plurrh di glauc.
E mi't, di tuoy.

El significado de sus apasionadas palabras era:

Tu ira será la joya de mi corona.
Tu ira me abrasa como el fuego de Naftur, señor de las llamas.
Tu ira es la sangre de mi vida.
Y la mía es la tuya.

Cada vez que Kludd pensaba en aquella declaración de ira y amor, sabía que no existía nada que no pudiera conquistar: ni una lechuza, ni un reino, ni siquiera el Gran Árbol. Pronto éste caería en su poder. Los vientos invernales disminuían. Por la mañana comenzaría el cerco.

CAPÍTULO 18

El Gran Árbol se prepara

La gran oquedad estaba abarrotada. Soren, Gylfie, Twilight y Digger estaban posados en la tercera galería. A su regreso, habían informado inmediatamente de sus descubrimientos a Boron, Barran y Ezylryb. También anunciaron la inesperada noticia de la concentración de tropas en el cabo Glaux. Siguiendo la tradición de los reinos de lechuzas y otras aves rapaces nocturnas, se había mandado una pequeña delegación para intentar hacer las paces con aquellos desalmados, pero sus esfuerzos resultaron vanos.

Ahora los habitantes de Ga'Hoole susurraron desconcertados cuando Ezylryb, en lugar de Boron o Barran, se encaramó a la percha más alta. Los demás miembros del Parlamento ocupaban sus sitios habituales junto a los dos monarcas. Ezylryb empezó a hablar.

—Es la hora intermedia de la vigésima noche de la

estación que las aves de Ga'Hoole llamamos de la lluvia blanca. Hace unas horas he recibido el encargo de nuestros monarcas, junto con la aprobación, el deseo y la voluntad de nuestro Parlamento, de formar un consejo de guerra. Con gran consternación y desagrado, debo anunciar que todos nuestros intentos de hacer las paces con esas lechuzas siniestras y brutales que se hacen llamar los Puros han resultado infructuosos. Esos pajarracos están resueltos a poner cerco a nuestro Gran Árbol y apoderarse de nuestra queridísima isla.

»De modo que estamos en guerra, y lucharemos con tenacidad, lo mejor que podamos. No son más que un atajo de criminales furiosos. Tenemos a nuestro favor calidad y una causa que estimula el espíritu y despierta la molleja. Porque luchamos por una buena causa: la causa de la compasión, de la libertad, de la creencia de que ninguna ave rapaz nocturna es mejor que otra por razón de nacimiento, raza o plumaje.

»Ahora las nieblas y tempestades de los fuertes vientos invernales envuelven nuestra isla. Los denominados Puros, aunque muy numerosos, tienen miedo a volar con este tiempo. Pero nosotros, los de Ga'Hoole, no tememos tales caprichos de la meteorología. ¿Acaso no hemos volado en circunstancias peores?

Las brigadas del tiempo y de recolección de carbón irrumpieron en ovaciones.

—Éste es un momento solemne en la historia de

nuestro árbol, pero cuenta con el respaldo de la determinación y la esperanza. Sería un insensato si dijera que la tarea que nos aguarda no será penosa. Habrá lucha. Pero no desesperemos, porque somos valientes, Guardianes de Ga'Hoole, todos y cada uno de nosotros, jóvenes o viejos, lechuzas comunes o mochuelos chicos, mochuelos excavadores o lechuzas boreales, búhos chicos o lechuzas campestres, cárabos lapones o mochuelos duende. Es en esta diversidad, en el arco iris de nuestros colores y en la multiplicidad de nuestras formas donde reside nuestra riqueza. Jamás nos someteremos a un concepto tan terrible y lamentable como el de la pureza o superioridad de una determinada especie. Y para derrotar esa idea tan perversa, haremos la guerra a esa tiranía monstruosa que amenaza todos los reinos de lechuzas y demás aves rapaces nocturnas. Haremos la guerra por mar y por tierra con toda la fuerza que Glaux nos proporcione. Nuestro objetivo es la victoria, la victoria a cualquier precio, la victoria a pesar de todo el horror. La victoria, por larga y dura que pueda resultar la batalla. Porque sin victoria, no habrá supervivencia para Ga'Hoole, el Gran Árbol, y todo cuanto hemos defendido; no habrá supervivencia para nuestros mejores impulsos e instintos, esos impulsos a favor de la vida, el honor y la libertad. Vamos pues, avancemos juntos para proteger los reinos de todas las aves rapaces nocturnas.

El Gran Árbol Ga'Hoole se estremeció agitado por los siseos y chasquidos de los presentes. Twilight, que casi no cabía en su plumaje, ya comentaba que esperaba conseguir un juego del último modelo de garras de combate, las SGAN. SGAN era la sigla de Super-Garras de Aleación de Níquel. Bubo había forjado un nuevo acero en sus hornos con el que se podían hacer unas garras afiladísimas. Decían que las SGAN podían cortar roca.

—¿Qué? —dijo Twilight con voz entrecortada.

El jefe de su unidad, un cárabo lapón llamado Huckmore, acababa de comunicar a Twilight, Soren, Gylfie y los demás que su misión consistiría en tender trampas aéreas.

—Procederemos inmediatamente a tejer lazos con enredaderas de oreja de ratón del Gran Árbol —explicó Huckmore—. Ya se han cosechado con esmero. Puesto que son casi blancas como la nieve, se confundirán con el fondo del árbol nevado. Pero todos sabemos hasta qué punto pueden llegar a enmarañarse esas enredaderas. Así pues, pensad que vuestra tarea consiste en urdir una gigantesca telaraña.

—¡Yo no soy una araña! —silbó Twilight.

—Cállate —le ordenó Soren.

—Hemos reclutado serpientes nodrizas del gremio de tejedoras, y también algunas de los gremios del arpa y de encajeras, para que nos ayuden en esta labor.

—¿Qué? —murmuró Twilight, consternado—. ¡Tampoco soy una nodriza!

—Ya lo sabemos. —Gylfie le propinó un golpe con la pata—. Ya sabemos que eres un grandullón muy duro. Así pues, no seas crío, Twilight. La guerra no sólo consiste en garras de combate y en destripar mollejas.

—Pero ¿tejer con nodrizas? Debe de ser una broma.

Todas las serpientes nodrizas del Gran Árbol Ga'Hoole pertenecían a distintos gremios según sus habilidades personales. La Señora Plithiver, la antigua nodriza de Soren, estaba en uno de los más prestigiosos, el gremio del arpa. Serpenteaba a través de las grandes cuerdas del arpa acompañando a Madame Plonk, quien entonaba las canciones que indicaban los distintos acontecimientos y momentos de la vida cotidiana de las aves del árbol.

—El trabajo ya ha comenzado —continuó Huckmore—. Una vez terminadas las trampas, saldremos a colocarlas en puntos estratégicos de la isla.

La unidad de tramperos, como eran llamados, siguió a Huckmore hasta un grupo de abedules altos, casi desprovistos de ramas y hojas, que iban a servir de telares para tejer las redes. Las enredaderas verticales del telar, que harían de urdimbre, ya estaban colocadas. A ras de suelo, una docena o más de nodrizas habían empezado a tejer a través de aquéllas para hacer la trama, o las enredaderas horizontales. La Señora Plithiver estaba al mando de las operaciones de las serpientes nodrizas.

—¡Firmes, nodrizas! —gritó—. El comandante de nuestra unidad ha llegado.

Se enroscó en posición de firmes, balanceó la cabeza y la tocó con su cola en un saludo desenfadado.

—Descanse, Señora Plithiver —dijo Huckmore—. Veo que se han hecho progresos.

—Sí, señor. Ya casi hemos tejido sesenta centímetros desde el suelo. Ahora, si los miembros voladores de su unidad pueden tejer desde arriba, creo que seremos capaces de terminarlo fácilmente antes de que las Garras Doradas aparezcan en el cielo.

Puesto que la Señora Plithiver era ciega, nunca había visto la constelación de las Garras Doradas en el cielo nocturno de invierno. Decían, sin embargo, que las serpientes nodrizas estaban dotadas de una sensibilidad extraordinaria, y aunque no podían ver, percibían cambios mínimos que iban desde alteraciones en la presión atmosférica hasta movimientos de cuerpos celestes en el firmamento.

Las aves no tardaron mucho en adaptarse al ritmo de zigzaguear por entre la urdimbre con las largas hebras de bayas. De hecho, a Soren le pareció un trabajo bastante placentero. Ojalá pudiera olvidar por un momento el motivo por el que lo estaban haciendo. Le encantaba trabajar con la Señora P. Normalmente sus actividades eran muy distintas y no solían verse durante la noche.

—Muy bien, Soren, estupendo. Has cogido el tranquillo a esto —dijo la Señora P.—. Gylfie, querida, tira un poco más de esa enredadera que acabas de colocar.

—Hizo una pausa y se colgó cabeza abajo—. Siento que se acerca Dewlap. ¡Qué horror!

En aquel momento Soren vislumbró a Dewlap dirigiéndose hacia Huckmore, quien supervisaba el trabajo desde una rama alta de un abedul próximo. Vio que Huckmore sacudía la cabeza con desaliento.

—¿Qué ocurre? —preguntó Gylfie.

Con el extremo de una enredadera entre sus garras, fue a situarse junto a Soren.

—No lo sé —respondió éste—. Pero desde lo sucedido con Otulissa y la fregona de pedernal, Dewlap me da miedo. Casi es la hora de mi descanso. Revolotearé detrás de ese árbol y escucharé.

—¿Crees que podrás oír lo que dicen desde tan lejos? —preguntó Gylfie.

Soren la fulminó con la mirada.

—Oh, lo había olvidado. ¡Eres una lechuza común!

Las lechuzas comunes eran célebres por su extraordinaria percepción auditiva.

—Ojalá dejaras de preocuparte por las enredaderas, Dewlap —decía Huckmore—. Estamos en guerra. Como dijo Ezylryb, habrá que hacer sacrificios. Esto no perjudicará la salud general del árbol. Sí, tendremos que pasar con menos bayas durante los días difíciles del invierno, pero disponemos de una buena reserva y, de todos modos, nadie aprecia demasiado las bayas de la lluvia blanca. Son muy amargas.

—Pero no me parece que sea responsable —replicó Dewlap—. Soy cuidadora de este árbol. No puedo ver cómo lo despojan de todas esas enredaderas y quedarme tranquila.

—Mira, Dewlap. No sé cómo explicártelo de modo más sencillo. Es cuestión de vida o muerte. Si los Puros nos derrotan, ya no existirá Ga'Hoole tal como lo conocemos. El Gran Árbol estará habitado por un atajo de lechuzas criminales. ¿Crees que vas a seguir cuidando de este árbol? Me temo que no, Dewlap.

Algo se removió en la molleja de Soren. Huckmore tenía razón. Si los Puros capturaban Ga'Hoole, Kludd no se detendría ni un momento a pensar en la salud del árbol. ¿Por qué no lo entendía Dewlap? Eso era lo que significaba ser un Guardián de Ga'Hoole. Necesitaban el árbol y éste los necesitaba a ellos, pero a veces había que hacer sacrificios para mantener el equilibrio y preservar aquellos impulsos, como Ezylryb los había llamado, a favor de la vida, el honor y la libertad.

Al amanecer, Soren y sus amigos regresaron a su hueco. Digger estaba en una unidad de mochuelos excavadores de la brigada de rastreo, y se les había asignado cavar agujeros donde esconder provisiones de más por toda la isla. Soren estaba impaciente por hablar con él.

—Oye, Digger, ¿cómo se ha comportado Dewlap en tu unidad?

Digger parpadeó.

—No está en mi unidad.

—¿Qué? Creía que todos los mochuelos excavadores habíais sido enviados a cavar reservas secretas. Creía que ella era la jefa.

—No, es Sylvana.

Sylvana era la jefa de la brigada de rastreo, lo que tenía cierta lógica, pero era mucho más joven que Dewlap. Por lo general los jefes de las unidades eran aves adultas.

—Bueno, ¿y en qué unidad está? —inquirió Gylfie.

—En excavación interna, creo. Están ensanchando algunos de los hoyos de almacenamiento para contener más provisiones si consiguen sitiarnos. Por cierto, Ruby, que está en la unidad de caza, ha traído un montón de esas gordas ratas de playa. ¡Menuda cazadora!

Twilight bostezó.

—Ojalá estuviera en la unidad de caza. Eso de tejer es una lata.

—No te preocupes, Twilight —dijo Gylfie—. Mañana por la tarde resultará más interesante. Tendremos que salir a colocar las trampas.

Soren no escuchaba. Seguía preocupado por Dewlap. ¿Por qué el consejo de guerra no la había puesto en la misión de reservas secretas? También él bostezó. Estaba completamente rendido, y al día siguiente deberían levantarse pronto —al mediodía— para terminar de tejer y colocar las trampas. Estaba demasiado cansado para pensar en nada; casi demasiado cansado incluso para soñar.

«Pero ¿y si las trampas no dan resultado?», fue su último pensamiento antes de dormirse.

Soren vio algo muy negro y reluciente, pero sólo era un punto en el centro de un bosque blanco cubierto de nieve. «Qué curioso», pensó mientras se aproximaba. La mancha aumentó de tamaño. Entonces su molleja empezó a estremecerse cuando contó ocho patas enormes. «No es más que una araña, un simple insecto. Yo soy un pájaro fuerte.» Pero la araña cambiaba delante de sus propios ojos. Las patas se juntaban y adquirían nueva forma, pasando del negro a un marrón plumoso y moteado. Y la cara... Su destelleante cara estaba recubierta de metal. Entonces Soren notó que se le enredaban las alas y no pudo volar. No es que hubiera perdido el control sobre ellas, sino que las supo atrapadas en una red de enredaderas.

—¡Atrapado en tu propia trampa!

Era la voz de su hermano.

—¿Te han devuelto la moneda, hermanito?

Ahora no era Kludd quien hablaba, sino una hermosa lechuza cuya cara era más blanca que la luna.

—¡Soltadme! ¡Soltadme!

—¡Despierta, Soren! Despierta.

Digger y Twilight lo zarandeaban.

—Glaux bendito. —Soren jadeaba—. He tenido una pesadilla espantosa. He soñado que estaba atrapado en la trampa.

—Somos nosotros quienes les tenderemos trampas, Soren —dijo Twilight—. No ellos a nosotros.

—¡Eso ya lo sé! Pero algo ha ocurrido en mi sueño y hemos quedado atrapados.

Vaciló, pero las palabras de Kludd regresaron a su mente. «Atrapado en tu propia trampa.» ¿Y quién era la lechuza que estaba con Kludd? Era muy hermosa.

Aquella tarde, mientras colocaban las trampas, la pesadilla siguió atormentando a Soren, especialmente la cara de luna de la hermosa lechuza. ¿Había sido sólo producto de su imaginación? ¿O ese sueño era como los que Hortense tenía a veces? ¿Él también podía ver el futuro?

CAPÍTULO 19

En guerra

Así pues, Ezylryb, según tengo entendido, propones lanzar nuestras primeras ofensivas aéreas en una maniobra de reclamo con el fin de atraerlos hacia las trampas —dijo Boron.

Soren, Gylfie, Twilight y Digger estaban acurrucados junto a las raíces que les permitían oír cuanto se decía en el Parlamento, donde ahora el consejo de guerra celebraba sus reuniones más secretas. Soren se percataba de que no tenían derecho a estar allí. Pero no podían evitarlo. Eran demasiado curiosos, y Soren no dejaba de decirse que quizá sacarían algo positivo. Aunque no sabía exactamente qué. Con todo, pegaban todavía más la cara a las raíces para escuchar mejor. Soren aguantó la respiración cuando oyó a Ezylryb desvelar la estrategia bélica a los demás miembros del consejo de guerra, entre los que figuraban Bubo, Strix Struma, Boron,

Barran y Elvanryb, quien dirigía la brigada de recolección de carbón junto con Ezylryb.

—Sugiero que lancemos este ataque como una división aérea ligera. Nada de garras de combate sofisticadas, nada de SGAN..., por lo menos aún no —dijo Ezylryb, y Soren percibió un estremecimiento de emoción en Twilight al oír mencionar la palabra SGAN—. Les haremos creer que somos un atajo de pardillos. No hay nadie mejor para dirigir maniobras de reclamo que Strix Struma —concluyó Ezylryb.

—Los Arietes de Strix Struma estarán preparados, comandante —repuso Strix Struma.

Los cuatro amigos se miraron con asombro.

—¡Es muy vieja! —dijo Gylfie articulando las palabras en silencio.

Strix Struma era casi tan mayor como Ezylryb, o por lo menos eso les parecía. Habían transcurrido años desde su última participación en un combate. Había tenido una carrera brillante y había recibido la Medalla de la Guardia de Ga'Hoole al Valor por su actuación en la batalla de Little Hoole. En aquella época, sirviendo como subcomandante del flanco de barlovento, y sin preocuparse por su propia integridad, se había lanzado directamente contra la cuña de la unidad ofensiva enemiga para romper su formación y dispersar así sus fuerzas. Pero aquello había ocurrido muchos años atrás, mucho antes de que ninguno de ellos —ni tan siquiera sus padres— hubiera nacido.

Seguidamente Bubo informó acerca de los carbones que había enterrado con un aislamiento especial para mantenerlos encendidos, de modo que pudieran luchar con fuego en caso de necesidad. Los cuatro jóvenes se sintieron muy orgullosos cuando se comentó la eficacia que la brigada de brigadas había demostrado tanto en el manejo del fuego como en el rescate de Ezylryb unos meses antes. Se mencionó especialmente a Ruby. Así pues, todo parecía indicar que ellos cuatro, además de Ruby, Martin y Otulissa, podían ser llamados para participar en un combate con fuego. El resto de la reunión resultó bastante aburrido y se destinó a hablar principalmente de provisiones y reservas secretas.

Los cuatro amigos tuvieron buen cuidado de retirarse de las raíces por separado y tomar caminos distintos de regreso a su hueco. Habían jurado no hablar de nada de lo que había oído salvo en la intimidad de su oquedad, pues nunca se sabía quién podía estar escuchando. Ahora lo único que tenían que hacer era aguardar sus órdenes y la llegada de los Puros. Pero Soren tuvo que admitir que era un consuelo saber que algunos no se limitaban a esperar. Strix Struma estaría volando poco después de la primera negrura con su división ligera, los Arietes de Strix Struma, para entablar combate con el enemigo.

—Me pregunto quién estará en la división de los Arietes —dijo Gylfie.

—Es alto secreto —contestó Twilight—. Seguramente sólo los guerreros más experimentados.

—Glaux bendito, espero que no todos sean tan viejos como Strix Struma —comentó Digger.

En otro hueco, Otulissa también esperaba. Esperaba y temblaba. Su molleja no había dejado de estremecerse en todo el día, desde la tarde en que la habían despertado para anunciarle que volarían aquella noche. Ahora estaba muerta de miedo. ¿Cómo había podido cambiar todo tan deprisa? Cuando le dijeron que había sido seleccionada para el cuerpo de élite secreto de los Arietes se sintió muy emocionada. Lo que más le preocupaba era que se lo dijera a sus amigos sin querer, sobre todo a Twilight. ¡Glaux, cómo la envidiaría! ¡Y ser elegida para la fuerza especial de su heroína! No se había imaginado nunca nada tan sublime. Porque Otulissa siempre había venerado a Strix Struma. Era su modelo para todo: modales, inteligencia, elegancia, instinto. Pero ahora estaban en guerra, y todos esos sentimientos de orgullo parecían desvanecerse. Podía morir en pocas horas. Había sido distinto en aquella batalla en el bosque cuando habían rescatado a Ezylryb. Había menos aves a las que enfrentarse, y todo había sucedido muy rápido. No tuvieron tiempo de ponerse nerviosos.

No tenía sentido tratar de dormir durante el resto

del día. De todos modos debía levantarse al cabo de pocas horas. Además, a Otulissa no le preocupaba estar cansada. Resultaba difícil cansarse cuando una estaba tan asustada. Sentía retortijones en la molleja como si descargara allí una tormenta eléctrica. Su buche estaba tenso como un tambor; no le apetecía comer nada. Le zumbaba la mente con todas esas ecuaciones que habían aprendido sobre cambios de dirección del viento, lucha con garras de combate y cómo calcular la resistencia aerodinámica y la propulsión. ¡Glaux, estaba asustada! Sus ojos se llenaron de lágrimas al pensar que nunca volvería a ver a sus amigos.

Pronto otro cárabo manchado asomó la cabeza en el hueco de Otulissa y le hizo una señal. «Bueno, ya está —pensó—. Es la guerra.»

La isla había sido dividida en cuadrantes que, a su vez, se habían dividido en otras cuatro partes. Las defensas más pesadas ocupaban el cuadrante del sudoeste, pues era el ángulo de ataque más lógico para el enemigo, sobre todo un enemigo al que no le gustaba volar en condiciones meteorológicas adversas. El viento predominante de norte noroeste le daba ventaja, ya que le permitía volar con el aire a favor en lugar de hacerlo con viento contrario. Eso los propulsaría. Los Arietes de Strix Struma no contarían con esa ventaja, pues tendrían que volar contra ese viento, no directamente de frente pero sí lo suficiente para ralentizar su vuelo. Sin embargo, esto no preocupaba a Strix Struma, ya que los Guardianes, y especialmente el cuerpo de Arietes, eran expertos en vuelo lento. En el turbulento aire sobre el mar de Hoolemere, ése era un factor importante.

Soren, Gylfie y Twilight ocuparon sus puestos encima de dos trampas en un sector del cuadrante sudoeste. Era un lugar estratégico excelente. Observaron mudos de asombro cómo el cuerpo de Arietes se impulsaba en el aire salpicado de espuma con Otulissa volando en uno de los flancos y Ruby delante de ella. Entendían la presencia de Ruby. Era uno de los mejores voladores del árbol. Pero ¿qué hacía allí Otulissa?

—Guardar silencio acerca de esto la habrá matado —comentó Gylfie mientras veían cómo la fuerza de Arietes desaparecía en un banco de niebla.

—Esperemos que no la maten —dijo Soren.

—Claro que no. Lo hará bien.

Soren y Gylfie volvieron la cabeza hacia Twilight y parpadearon sorprendidos. No era ésa la reacción que esperaban. Habían creído que, de todos ellos, Twilight estaría loco de celos porque habían elegido a Otulissa para esa misión.

—Es lista, y ya sabéis lo sensibles que son los cárabos manchados a los cambios de presión, casi tanto como las serpientes nodrizas. Y será valiente; aunque sólo sea para impresionar a Strix Struma, demostrará valor. Si logra dejar de cotorrear y mantiene el pico cerrado, lo hará bien.

En ese momento Huckmore llegó junto a ellos.

—Ya sabéis lo que debéis hacer cuando el enemigo sea conducido hasta las trampas por el cuerpo de Arietes. Para inmovilizar a los que caigan en ellas, tenéis que tirar de las cuerdas de nudos corredizos. Muchos morirán en el acto. Si quedan atrapados por el cuello, pueden acabar estrangulados. Si se les enredan las alas, lo más probable es que se les rompan. ¿Alguna pregunta?

Soren, Gylfie, Twilight y otros tres jóvenes pollos que manejaban aquella trampa negaron con la cabeza.

—¡Buena suerte, Guardianes!

Soren experimentó un estremecimiento de emoción en su molleja. Era la primera vez que un miembro veterano del árbol se dirigía a ellos llamándolos Guardianes. Ninguno de ellos había celebrado todavía su ceremonia de Guardián, pero aquel viejo cárabo lapón, que había presenciado numerosas batallas, los había llamado así.

No necesitaban que nadie les dijera que mantuvieran los ojos bien abiertos ante la llegada de lechuzas. Apenas apartaban la vista de la acción que empezaba a desarrollarse frente a las costas de la isla. Una formación en cuña de lechuzas tenebrosas se acercaba velozmente. Detrás de ellas venían por lo menos cuarenta aves: algunas lechuzas tenebrosas, unas pocas lechuzas de campanario y muchas lechuzas comunes, con sus caras difuminadas por la espuma de las olas rompientes. Justo cuando sobrevolaban la playa, desplegaron sus garras. Los Arietes aparecieron, aparentemente surgidos de la nada. Habían dividido su fuerza en dos divisiones. El enemigo los doblaba en número, pero atacaron la cuña por dos flancos, con lo que dispersaron las formaciones. La punta de la cuña permaneció intacta, pero con sólo diez aves decididas a mantener el rumbo hacia el centro de la isla y el árbol. Sin embargo, fue una maniobra genial. Ahora diez lechuzas enemigas avanzaban. Estaban furiosas tras constatar que su fuerza se había roto, aunque más determinadas que nunca en su misión. Pero, cegadas de ira, no estaban tan atentas, de modo que en medio de la noche brumosa del bosque cubierto de nieve no podían distinguir las enredaderas blancas de los árboles.

—¡Los ratones bailan al amanecer!

El teniente Huckmore gritó la clave para disponerse a apretar los nudos corredizos. Soren y Gylfie ocupaban sus posiciones. No llevaban garras de combate porque resultaría demasiado difícil manejar las enredaderas con ellas puestas.

—Tranquilos. Tranquilos. Tranquilos —susurró Gylfie.

Era importante no dejarse llevar por el pánico, para tirar de los nudos corredizos exactamente en el momento justo: ni demasiado pronto ni demasiado tarde.

Soren podía sentir el viento generado por las lechuzas que batían sus alas.

—¡Precioso!

Aquella palabra se elevó en la noche, un término extraño en combate, pero lo esencial del lenguaje en clave era engañar al enemigo y comunicarse con los aliados. Así pues, en lugar de «¡Ahora!» o «¡Al ataque!», se había elegido aquella dulce palabra de tres sílabas como la llamada a la acción para los tramperos, como eran llamados Soren, Gylfie y los demás que se ocupaban de las enredaderas.

El impacto de las aves contra la red la hizo temblar. Soren vio cómo la diminuta Gylfie se balanceaba arriba y abajo, pero se sujetó con fuerza a la enredadera. Horrendos chillidos desgarraban el aire mientras las lechuzas enemigas, presas de pánico, trataban de soltarse. Diez colgaban, algunas ya sin vida, otras destrozadas y moribundas en la trampa.

Habían ganado la primera batalla. Los enemigos desperdigados habían quedado atrapados en las mortíferas trampas.

Pero al otro lado de Hoolemere, donde el viento bajaba como hojas afiladas de los Estrechos de Hielo, una pequeña división de lechuzas comandada por Nyra y Kludd hacía frente al violento viento de cara. Kludd miró a su pareja con admiración. Siendo nativa de los Reinos del Norte, conocía aquellos vientos, los caprichos de sus cambios repentinos que originaban remolinos tormentosos y torbellinos. Y sabía, como había dicho a Kludd, que esa orilla de Hoolemere estaría mal defendida y sería fácil de penetrar.

«Espera a que lleguen las garras de alquiler.» Su molleja se agitó de emoción sólo de pensarlo y se volvió hacia Kludd.

—Puede que hayamos perdido la primera batalla, querido. ¡Pero ganaremos la guerra!

CAPÍTULO 20

Malas noticias

El viento había amainado y la trampa oscilaba lánguidamente impulsada por las últimas ráfagas ocasionales. Una lechuza gravemente herida había sido desenredada y evacuada en una camilla aerotransportada entre dos lechuzas boreales que servían de enfermeras en el dispensario. Era curioso. Soren pensó que las mismas enredaderas que habían causado heridas y muerte podían tejerse para improvisar transportes de rescate. Nueve aves colgaban en macabras configuraciones de muerte con las alas retorcidas y las cabezas ladeadas. Soren se percató de que la guerra no tenía nada de especialmente glorioso o heroico. En realidad no era más que un trabajo sucio y repugnante para derrotar una tiranía vil dirigida por su propio hermano. Hasta Twilight parecía deprimido ante la cruda fealdad que se había enmarañado en la trampa. A Soren le resultaba muy extraño que los mismos movimientos que urdían la maravillosa música del arpa de Madame Plonk o los hermosos tapices y encajes que adornaban el Gran Árbol Ga'Hoole se hubieran utilizado ahora para urdir aquella red mortal. Estaba deseando abandonar la trampa. Los tramperos de relevo no tardarían en llegar. Soren estaba completamente exhausto.

De vuelta en el árbol, no hubo discursos victoriosos ni celebraciones por el rechazo de aquel primer ataque. En su lugar reinaba una calma tensa que parecía propagarse a través del laberinto de pasillos del árbol. Las fuerzas enemigas habían sido diezmadas, pero decían que eran casi un millar y circulaban rumores sobre la presencia de garras de alquiler, lechuzas ermitañas que no pertenecían a ningún reino y que aceptaban luchar a cambio de un buen juego de garras de combate.

—¿Dónde está Otulissa? —preguntó Gylfie—. Ya debería haber vuelto.

—Arriba, en la enfermería —contestó Digger, dejándose caer sobre un montón de plumón y estirando las patas en la peculiar postura que adoptaba para dormir.

—¿En la enfermería? —exclamaron todos.

—No os preocupéis. Es sólo un rasguño. Ella ni siquiera quería ir; la han obligado —explicó Digger.

—Deberíamos ir a verla —dijo Soren—. Pero estoy demasiado cansado.

—Ya iremos más tarde —propuso Digger.

Estaban tan agotados que creían que se dormirían al instante. Pero no lo hicieron. Quizá se debía a la inquietud que parecía reinar en el Gran Árbol.

—Ahora ya deben de saber lo de las trampas —murmuró Twilight.

—La próxima vez tendrán más cuidado, ¿verdad? —dijo Soren.

—No se puede guardar un secreto para siempre —sentenció Gylfie.

—He oído decir que el secreto ya se había divulgado en algunas partes del cuadrante oeste —comentó Digger.

—¿Qué? —exclamó Gylfie.

—Sí, y Sylvana teme que algunas de las reservas secretas que hemos enterrado ya hayan sido revueltas.

—¿Cuáles? —preguntó Twilight.

—Las que contienen los carbones —contestó Digger.

—¿Nuestras municiones? —Twilight, muy alarmado, se había subido a su percha—. ¡Estamos perdidos!

Se refería a la brigada de brigadas. Habían sido reclutados para el escuadrón del fuego o, como se llamaba a veces, la brigada reverberante. Las llamas reverberantes eran azules, con un destello amarillo en el centro y un matiz verdoso en los bordes. Eran muy ardientes. Se trataba de las mismas llamas que Bubo empleaba en su fragua cuando quería hacer los mejores fuegos para forjar metales.

A pesar de que todas aquellas noticias eran muy inquietantes, al final los amigos se durmieron.

—Podéis entrar sólo si prometéis estar muy callados —dijo la enfermera, una fornida lechuza campestre, mientras conducía a Soren, Gylfie, Twilight y Digger a la enfermería que supervisaba—. Y no habléis con esa lechuza común, es un prisionero de guerra oficial.

Soren, Digger, Gylfie y Twilight se miraron.

«Debe de ser la que quedó atrapada en nuestra trampa», pensó Soren.

Otulissa ocupaba uno de los lechos de plumón de la enfermería. A Soren le pareció que estaba perfectamente.

—No pareces herida —observó Gylfie.

—¡Y no lo estoy! —espetó Otulissa—. Es ridículo que me retengan aquí dentro.

—¿Qué ocurrió? —preguntó Soren.

—Recibí un golpe muy leve en el costado de babor. Insistieron en que viniera aquí para someterme a observación porque Strix Struma creía que volaba raro.

—¿Raro? —dijo Gylfie.

—Desequilibrada, eso es todo. Ahora ya vuelo bien. Me enderecé en el trayecto de vuelta. Creo que están siendo excesivamente prudentes.

—¿Cómo fue? —quiso saber Twilight—. Volasteis directamente hacia la primera cuña del enemigo. ¿Cómo lo hicisteis?

Otulissa giró la cabeza casi por completo para indicar la lechuza común que ocupaba el otro lecho.

—Supuestamente está inconsciente, pero nunca se sabe. De manera que no puedo hablar sobre nada referente a la guerra. Y vosotros tampoco.

—Ah —dijo Twilight.

—¿De qué otra cosa podemos hablar? —preguntó Digger.

Desde luego era cierto. Soren observaba a Otulissa. Parecía algo distinta. Quizás era consecuencia de haber volado directamente contra el enemigo.

Justo en aquel momento Dewlap asomó la cabeza al interior del hueco.

—¡Oh, Glaux bendito, Otulissa! ¿Qué haces tú aquí?

Parecía anonadada al ver a la cárabo manchado en la enfermería.

—Ha resultado herida —respondió Gylfie—. Por eso está aquí.

«¡Vieja y estúpida mochuelo duende! —pensó Soren—. ¿Por qué estaría aquí, si no?»

—¿Por qué ha venido usted, Dewlap? —inquirió Digger.

—Bueno, yo... Yo... —Tartamudeó, aunque al final acertó a decir—: He venido a visitar a los heridos.

Otulissa volvió la cabeza hacia la instructora de Ga'Hoolología. Su mirada ambarina se clavó en Dewlap.

—Es muy amable de haber venido, aunque no supiera que yo estaba aquí. Muchísimas gracias. Estoy segura de que los demás heridos se sentirán conmovidos por su gesto.

Dio la impresión de que Dewlap había recobrado el aplomo.

—Sí, claro, yo no sabía quién estaría aquí, pero creí que una visita era un pequeñísimo favor que podía hacer en estos tiempos turbulentos. —Entonces se mostró distraída, sus ojos se nublaron y parecieron concentrarse en algo muy lejano—. ¿Quién se habría imaginado que todo terminaría así? —dijo en voz baja, más para sí misma que para los demás—. En guerra —añadió en un susurro.

Soren, Twilight y Gylfie pasaron dos noches más en las trampas, pero atraparon muy pocas lechuzas. En realidad casi no había acción. Se impuso de nuevo un silencio inquietante. Los vientos invernales habían amainado, si bien las temperaturas habían bajado radicalmente. Empezaban a formarse témpanos de hielo en el mar de Hoolemere. Las raciones escaseaban, pues había que conservar la comida. Y aunque salían unidades de caza, hacía tanto frío que daba la impresión de que todas las presas se hubieran retirado a sus madrigueras y estuvieran recluidas bajo la tierra helada. Las noches eran largas y oscuras, pues la luna había desaparecido y no regresaría en varios días.

Una noche, poco antes del amanecer, cuando Soren, Gylfie y Twilight terminaron de servir en las trampas, advirtieron que algo había cambiado en el interior del árbol. Se oía un zumbido ansioso, pero sólo pudieron captar fragmentos de conversaciones apresuradas. Cada vez que pasaban junto a una de las aves más viejas, los picos se cerraban de inmediato.

—He oído algo acerca de una escaramuza al otro lado de la isla —dijo Digger, ocupando su lugar a la mesa de la Señora Plithiver.

La serpiente había extendido su cuerpo hasta su longitud máxima para acoger un mayor número de aves. Primrose, Eglantine y Martin se apiñaron alrededor de la mesa de escamas rosáceas que la Señora P. proporcionaba con su cuerpo asombrosamente flexible. Se sirvieron tazas de nueces Ga'Hoole llenas de té de oreja de ratón aguado junto con picadillo de ratón. No era la comida a la que estaban acostumbrados, pero nadie se atrevió a quejarse. Al cabo de un mes quizá considerarían ése como un magnífico banquete. Normalmente los inviernos en la isla de Hoole eran largos y crudos, y ahora, con la guerra, aquél iba a resultar todavía más duro.

—¡Atención! —tronó la voz de Boron—. Ezylryb,

nuestro ministro de la Guerra, ha solicitado hablarnos mientras desayunamos.

Ezylryb, con un aspecto bastante andrajoso, voló hasta la percha más alta del comedor.

—Seré breve y directo. Me temo que hay malas noticias. Han transcurrido muchos días desde que empezó esta guerra. Hemos conseguido grandes éxitos en el frente oeste. Pero en las costas del nordeste, en un cuadrante donde nos creíamos invulnerables debido a la furia del oleaje invernal combinado con los coléricos vientos procedentes de los Estrechos de Hielo, hemos sufrido pérdidas cuantiosas en un inesperado ataque enemigo. Habéis oído rumores sobre una escaramuza. Me temo que era algo más que eso. Un importante número de tropas enemigas ha atravesado nuestras defensas. Mientras esta acción distraía a nuestros soldados en el cuadrante nordeste, otras fuerzas atacaron por el sudoeste. Una fuerza invasora ha tomado tierra, y pueden llegar muchas más. Lo que hasta ahora hemos llamado la batalla de las Costas ha terminado, y espero que pronto comenzará la batalla de Hoole. Nuestra civilización depende de ese combate, cuando toda la furia de aquellas aves viles e innobles que se hacen llamar los Puros caiga sobre nosotros.

»Pero no debemos tener miedo. En esta isla contamos actualmente con algunos de los mejores guerreros del mundo de las aves rapaces nocturnas. Tenemos los Arietes de Strix Struma, el escuadrón del fuego, los escuadrones de mochuelos excavadores que, con sus largas patas y sublimes garras, pueden cavar como el mejor de los animales excavadores que existen en el planeta. Y debo añadir que también saben luchar. Con estas excelentes aves, defenderemos nuestra isla. Sin embargo, no se os llamará de inmediato para una acción ofensiva. Antes debemos planear una estrategia de defensa. No tendremos mucha movilidad, pero seremos fuertes. Nos fortaleceremos dentro del enorme tronco de nuestro Gran Árbol, tan bien cuidado en el transcurso de los siglos. Y que sigue recibiendo cuidados bajo la dirección de nuestra inestimable instructora de Ga'Hoolología, Dewlap.

Ezylryb hizo un gesto hacia la mochuelo excavador, y ella bajó la cabeza con timidez. Soren se percató de que Otulissa, que ya había abandonado la enfermería, se encogía. En realidad ella no había disminuido de tamaño, sino que su miedo se había vuelto enorme y recorría todos sus huesos huecos.

«¿Qué ocurre aquí?», se preguntó Soren. Escuchó a Ezylryb mientras seguía explicando la estrategia de defensa.

—Disponemos de comida suficiente para resistir, más de la que tendrán ellos en los próximos meses. Sí, nos aguardan tiempos difíciles, pero podremos soportar la incomodidad con paciencia y fortaleza. No debemos rendirnos jamás a esos falsos ideales, a esos retorcidos conceptos de superioridad, a esa tiranía de la pureza.

Otulissa miró a Soren.

—¡No lo soporto! —susurró.

—¿Qué no soportas? —preguntó Soren.

—Que Ezylryb elogie tanto a Dewlap. Mira lo satisfecha que está.

—Deja que se sienta satisfecha —intervino Digger.

—¿A qué te refieres? —inquirió Soren.

Otulissa se mostró igual de sorprendida por el comentario de Digger.

—Pensad en lo siguiente: Dewlap es el único mochuelo excavador al que no han asignado a una unidad de cavadores. Todos nosotros cavamos. Yo abro reservas secretas de ascuas. Hubert esconde víveres. Muriel y otros tres excavan las zonas de almacenaje que hay debajo del Gran Árbol para ampliarlas. Si Ezylryb cree que Dewlap es tan estupenda, ¿por qué no sirve en una unidad? —preguntó Digger.

—¿No supervisa? —quiso saber Soren.

—En realidad no —contestó Digger—. Supuestamente revisa las excavaciones en los almacenes de debajo del árbol, pero es una especie de farsa. Todos sabemos cómo se hace. Se limita a organizar los turnos en que cavamos y lleva los inventarios. Así pues, no te enfades, Otulissa. No creo que Ezylryb sea sincero cuando elogia tanto a Dewlap.

—¿Qué está haciendo entonces? —preguntó Soren.

—Ésa es la gran pregunta —repuso Digger—. Y no puedo contestarla. —Hizo una pausa—. Todavía.

A Soren no le cabía ninguna duda de que, de la banda formada por Digger, Twilight, Gylfie y él mismo, Digger era el pensador más profundo y el más reflexivo. Gylfie podía considerarse la más lista porque aprendía rápido y sabía mucho. Twilight era demasiado impulsivo para tacharlo de pensador profundo, aunque era brillante a la hora de percibir pequeñas gradaciones de luz cuando la noche daba paso al día y viceversa. Y el propio Soren..., bueno, en realidad no sabía cómo describir sus actividades mentales. Pero Digger establecía conexiones que los demás ni siquiera podían llegar a concebir. Y las cohesiones que establecía ahora fascinaban y al mismo tiempo alarmaban a Soren.

CAPÍTULO 21

Cercados

El viejo árbol crujía en medio de los vendavales invernales que azotaban la isla, pues el aire gélido se filtraba a través de sus grietas y hendiduras. En el hueco de Soren, colgaron la gruesa piel de una zarigüeya que Twilight había cazado en una ocasión para cortar el paso a las corrientes de aire. Funcionó, pero ninguno de ellos podía creer que alguna vez se hubieran dado un banquete con una zarigüeya. Ya no quedaba carne fresca, sino sólo curada y seca, carente de sangre y tan sosa como la corteza de árbol. Circulaban rumores de que incluso las nueces Ga'Hoole escaseaban. Soren y sus amigos habían adelgazado. No cabía ninguna duda. Tenían las plumas menos lustrosas y los ojos algo más apagados. Cuando las raciones en el comedor habían empezado a menguar, recordaban antiguas comidas de las que habían disfrutado.

—¿Os acordáis de la tarta de oreja de ratón, la que hizo Cook con jarabe de arce? —decía uno.

—Yo me conformaría sólo con el jarabe de arce —contestaba otro.

Y así sucesivamente. Pero ahora nadie hablaba de esas cosas. Todavía tenían hambre —más que nunca—, si bien de algún modo se habían acostumbrado a los gruñidos de su estómago. Anhelar una tarta de oreja de ratón resultaba frívolo. Ahora sólo esperaban vivir y no morirse de hambre.

Y cuando hubiera pasado lo peor del invierno, como ocurriría al cabo de unas semanas, cuando comenzara el deshielo y sus presas empezaran a salir de sus hoyos y madrigueras, ¿podrían volver a cazar? El enemigo acechaba fuera con sus refuerzos de garras de alquiler y tenía rodeado el Gran Árbol. Ellos serían los primeros en abalanzarse sobre las presas que aparecieran. Estrechaban el cerco en torno al árbol para matarlos de inanición. Si los Guardianes no podían sobrevolar sus cazaderos habituales, sin duda morirían de inanición al mismo tiempo que el enemigo engordaba.

—¿Qué estás haciendo, Soren? —preguntó Twilight—. ¿Buscar un bicho para comer?

Soren había estado escarbando en la tierra debajo de las perchas de su hueco. Se sentía demasiado débil para subirse a su percha de costumbre, donde se estaba mucho mejor para conversar que en el suelo. Claro que nadie hablaba mucho en aquellos días. Se había puesto a rascar ociosamente con sus garras. Pero ahora parecía surgir un dibujo de sus garabatos.

—¿Qué es eso? —indagó Gylfie, acercándose a mirar. Soren parpadeó.

—Somos nosotros.

—¿A qué te refieres? —preguntó ella.

—Verás, esto es el árbol y todos nosotros estamos dentro, y esto es el enemigo, rodeándonos por completo. Ellos no pueden entrar porque no tenemos puntos débiles en el árbol, pero nosotros no podemos salir. Como dijo Ezylryb, esta estrategia de defensa no tiene mucha movilidad.

—Dicho de otro modo, estamos atrapados —observó Twilight—. ¡Vaya novedad!

—Pero ¿y si lográramos salir? —sugirió Soren.

Notó que Digger se agitaba junto a él.

—Digger —dijo Soren—, ¿y si saliéramos cavando? ¿No podríamos abrirnos camino cavando hasta fuera con nuestras fuerzas, desplegar nuestras tropas en dos puntos y atraparlos entre nosotros?

Soren levantó su pata en el aire y juntó de golpe las dos garras delanteras con el mismo movimiento rápido que empleaba para cazar murciélagos al vuelo. Las mollejas de todos se agitaron de la emoción. Entonces Gylfie pronunció la palabra, el nombre que hacía que todo pareciera posible.

—¡Octavia!

—¡Un movimiento de pinza! Desde luego, creo que sería posible —dijo la vieja serpiente que atendía los nidos de Madame Plonk y Ezylryb con su voz pausada e impregnada de las inflexiones características de los habitantes de los Reinos del Norte.

Octavia, a diferencia de todas las demás serpientes, que tenían escamas que iban del rosa al rosado pálido, presentaba una coloración azul verdosa. Era una serpiente kieliana originaria de la isla de las Tempestades, en la bahía de Kiel. Esas serpientes eran célebres por su increíble musculatura. De hecho, podían cavar hoyos.

Era Ezylryb quien se había percatado de cuán útiles podían resultar en combate aquellas serpientes, que no eran ciegas como las nodrizas de escamas rosáceas. Se le había ocurrido la idea de formar una fuerza sigilosa de serpientes kielianas que podían abrir túneles hasta territorio enemigo. Fue en la época en que la guerra de las Garras de Hielo se propagaba con furia por los Reinos del Norte. En una de sus misiones con la fuerza sigilosa, Octavia se quedó ciega y Ezylryb no sólo perdió a su pareja sino también una garra. Ezylryb y Octavia, ambos lisiados, abandonaron la vida militar y se refugiaron durante muchos años en una isla en el mar Amargo donde los Hermanos de Glaux tenían un retiro. Sin embargo, ahora volvían a estar en guerra.

—¿Ezylryb creerá que puede dar resultado? —preguntó Soren tímidamente.

—No lo sabrás hasta que se lo preguntes —respondió Octavia—. Yo podría ayudar a cavar túneles, aunque ya no estoy tan en forma como antes.

—Bueno, están todas las unidades de excavación, los mochuelos excavadores —sugirió Digger con entusiasmo.

—Sí, sí —dijo Octavia pausadamente.

Pero dio la impresión de que vacilaba, como si quisiera decir algo más.

—¿Deberíamos ir a ver a Ezylryb ahora y preguntarle? ¿Deberíamos proponerlo al Parlamento? —preguntó Digger.

—¡No! —repuso Octavia con brusquedad. Luego se enroscó y balanceó la cabeza—. Escuchad con atención. No habléis de esto con nadie, ni siquiera con Otulissa, Martin o cualquiera de vuestros compañeros de la brigada de brigadas. Me alegro de que me hayáis encontrado en el pasillo y me hayáis pedido que viniera a vuestro hueco. Creo que Ezylryb debería venir también para escuchar este plan. No sé exactamente cómo decirlo, pero se han producido ciertos fallos de seguridad. Ha habido filtraciones. Se sospecha que la sala del Parlamento no es del todo segura.

Soren y sus tres amigos contuvieron un grito de sorpresa. Ellos eran los únicos que conocían el extraño fenómeno que permitía a las raíces transmitir el sonido debajo de la sala del Parlamento, o por lo menos eso creían. ¿Los habían pillado? ¿Alguien había descubierto su puesto de escucha?

—Esperad aquí —dijo Octavia—. Regresaré enseguida con Ezylryb. No hay tiempo que perder.

Y la vieja serpiente kieliana salió arrastrándose del hueco, con sus escamas verdosas brillando a la tenue luz.

CAPÍTULO 22

Cu-cu-rru-cu-cú

*E*zylryb bajó la mirada hacia los garabatos que Soren había hecho en la tierra. Su ojo bizco parecía más estrábico que de costumbre mientras examinaba las pequeñas «X» que Soren había trazado para representar las tropas de los Guardianes.

—Llevará tiempo; calculo que casi un mes —sentenció Ezylryb.

—¡Un mes! —Digger dio un respingo—. Señor, hay tres unidades de mochuelos excavadores. Podríamos hacerlo en menos de una semana.

—Bueno, ahí está el problema. Esto debería mantenerse en alto secreto. Cuantas menos aves trabajen en ello, mejor. Este lugar tiene más fugas que un tocón podrido —exclamó Ezylryb, y Octavia asintió con la cabeza—. Sólo quiero trabajando en esto a tres miembros de las unidades de excavación: tú, Digger, Sylvana y Muriel.

—¿Dewlap no? —dijo Soren.

—Dewlap no.

Se hizo un silencio incómodo, seguido por una tosecilla de Octavia.

—Lyze —dijo. Sólo Octavia llamaba al viejo autillo bigotudo Lyze, su antiguo nombre de los Reinos del Norte, y rara vez lo empleaba en presencia de otros—. ¿Puedo hacer una sugerencia?

—Por supuesto, querida.

La ronca voz de Ezylryb siempre se suavizaba cuando la vieja serpiente kieliana se dirigía a él.

—¿Por qué no colaboran también Twilight, Soren y Gylfie en el proyecto? No son mochuelos excavadores, pero ¿de qué sirve que permanezcan ociosos? Estoy segura de que, bajo la dirección de Digger, llegarán a ser unos excavadores adecuados. Con su ayuda, el trabajo progresaría un poco más rápido.

—Es una idea excelente, Octavia. —Ezylryb volvió la cabeza hacia los tres aludidos—. Bueno, jovencitos, ¿qué os parece? ¿Creéis que podréis aprender las aptitudes de los excavadores?

—¡Sí, señor! —respondieron los tres al unísono.

—En este caso creo que deberíais empezar de inmediato.

Era un trabajo duro y sucio. Pero, aunque no eran las aves robustas de antaño debido al racionamiento de comida, los seis pájaros encontraron nuevas energías. Parecían alimentarse de la propia causa, pues se estaban abriendo camino hacia la libertad. Octavia ayudaba también. Pese a su edad y su gran tamaño, se mostró especialmente hábil para cavar algunas de las curvas más difíciles.

Soren jamás lo habría dicho, pero los mochuelos excavadores hablaban mucho mientras trabajaban. Entonaban canciones para marcar el ritmo de la excavación, y conocían muchas historias de las grandes leyendas de su mundo. Había un mochuelo excavador, una hembra llamada Terra, que tenía fama de haber cavado en una sola noche una madriguera que atravesaba una montaña.

Soren pensó que también Sylvana podría ser una leyenda. Era un ave excepcionalmente bella, y Soren se maravilló de cómo sus patas sin plumas, que hasta entonces había considerado repulsivas, le parecían de repente muy hermosas. Blancas y excesivamente largas pero musculosas, las patas de Sylvana brillaban a la tenue luz del túnel como un rayo resplandeciendo en el cielo de verano mientras cavaba con furia. Sylvana había empezado a entonar una canción de excavación que no tardó en convertirse en la preferida de Soren. El sonido cu-cu era la llamada del mochuelo excavador, y sus preciosas voces parecían imitar el arrullo de una paloma cuando se unían en el canto. Soren pensó que, en comparación con ellas, su voz chillaba con estridencia cada vez que intentaba emitir la llamada que se repetía a lo largo de la canción, pero Sylvana nunca lo criticaba. Al contrario, animaba a todos.

> *¡Cu-cu-rru-cu-cuuuu!*
> *¡Cu-cu-rru-cu-cuuuu!*
> *Cava, escarba,*
> *excava*
> *a través de grava, hielo, tierra compactada,*
> *a través de arena, estiércol, lodo.*
> *Picamos, cavamos, excavamos,*
> *y nunca nos cansamos.*
> *Nuestras patas están peladas,*
> *nuestras garras son afiladas,*
> *horadamos la tierra y vemos de repente*
> *el lugar donde la roca se desprende,*
> *dónde corre el esquisto como el aceite.*
> *¡Cu-cu-rru-cu-cuuuu!*
> *¡Cu-cu-rru-cu-cuuuu!*
> *Excavaremos sin parar.*

Cuando regresaron del trabajo a su hueco, se durmieron agotados. Pero la tarea iba por buen camino y estaban haciendo progresos. Cuando podía, Octavia les conseguía raciones adicionales de comida, como Ezylryb le había pedido que hiciera. Pero tenía que ir con cuidado para no despertar sospechas.

El plan consistía en excavar un túnel que llegara hasta un viejo abeto que había sido abatido por los vientos invernales. Era un árbol podrido, y el tocón estaba casi hueco, lo que les proporcionaría fácil acceso a una zona de vuelo que se hallaba muy alejada de la posición del enemigo. Una vez terminado el túnel, no sólo los Arietes de Strix Struma podrían salir, sino también las demás unidades tácticas. Entonces aquellas divisiones cercarían al enemigo e iniciarían un movimiento de pinza. Los sitiadores pasarían a ser los asediados.

Ahora, después de sólo dos semanas de duro esfuerzo, casi habían llegado. Sylvana calculaba que les quedaban solamente cuatro días más de trabajo, a lo sumo cinco.

—Deberíais estar orgullosos —dijo al final de su turno—. Sobre todo vosotros, Soren, Twilight y Gylfie. No tenéis un talento innato para esto. —Al oírla, Muriel y Digger asintieron—. Pero habéis aprendido a excavar tan bien como un mochuelo excavador.

En aquel preciso instante Octavia apareció arrastrándose por el túnel.

—Siento interrumpirte, Sylvana, pero hay un problema.

—¿Qué problema? —preguntó ésta.

—Dewlap.

—¿Dewlap?

Soren sintió náuseas en la molleja y miró a Digger.

—No sé de qué se trata, Sylvana, pero Ezylryb quiere verte enseguida en su hueco.

—Bien, ahora mismo voy.

—¿Un proyecto especial? Parece interesante. Ya sabes, Ezylryb, que yo nunca me quejo. Pero tengo la sensación de que se me excluye. No recibo el debido respeto que una instructora merece —dijo Dewlap.

Ezylryb suspiró. «Esto no resultará fácil —pensó—. ¿Cómo puedo saber que es la responsable de las filtraciones? Tachar de espía a alguien es algo terrible. Pero tenemos que averiguarlo. No hay más remedio.»

En caso de que Dewlap fuera una espía, Ezylryb se planteaba también si dependía enteramente de ella. ¿Acaso los Puros habían apelado a su sentido del deber respecto al cuidado y la manutención del árbol? Dewlap era una fanática de la salud del Gran Árbol Ga'Hoole. Se trataba de preservarlo a toda costa, aunque el precio que hubiera de pagarse por ello fuese la vida de las aves para las que el árbol era su hogar.

—Querida, debes comprender que sólo trato de conservar tu fuerza, como he hecho con Strix Struma, Elvan y otros instructores durante este cerco —explicó Ezylryb—. Nosotros somos mucho más viejos que los jovenzuelos y, a base de raciones escasas, sencillamente nos falta la energía que ellos poseen. No obstante, en el caso de este proyecto especial, creo que tú eres la única que puede hacerlo.

Estaba resultando más difícil de lo que Ezylryb había previsto, pero de pronto se le ocurrió la idea del proyecto especial, y era por eso que había mandado a buscar a Sylvana. Ahora sólo podía esperar que ésta fuera tan lista como él creía, pues no había tiempo para explicaciones.

—Ah, Sylvana, estás aquí. Déjame explicarte por qué te he llamado. Verás, Dewlap opina que podría ser más útil y hacer mucho más de lo que está haciendo en este cerco. Y durante algún tiempo he estado dando vueltas en mi cabeza a un proyecto que ahora considero idóneo para Dewlap. Incluso podría, Glaux nos bendiga, sacarnos de esta terrible situación de asedio.

Sylvana parpadeó. «¿De qué está hablando?», se preguntó.

Ezylryb continuó:

—Verás, estoy concibiendo un túnel que parta desde las raíces del árbol hacia el sur hasta el punto donde el mar se canaliza al pie de los acantilados. He realizado los estudios geodésicos de aquella región de la isla y me doy cuenta de que, si excaváramos un túnel hasta allí, hay un respiradero natural a través del cual podríamos salir.

«¡Genial!», pensó Sylvana. Dewlap trabajaría en un túnel en la dirección contraria al suyo. Aquello le permitiría quitársela de encima. Dewlap siempre había envidiado a Sylvana, quizá por su juventud, por su belleza o por su talento. Sylvana no sólo era una excavadora excelente sino que además, aun siendo una mochuelo excavador (cuyas aptitudes de vuelo se consideraban por lo general inferiores), volaba con destreza y elegancia. El movimiento de sus alas era muy hermoso.

—Bueno, querida, ¿te parece bien colaborar conmigo en el proyecto de ese túnel? —preguntó Dewlap, y ladeó la cabeza hacia Sylvana en el inaguantable gesto típico de ella.

Sylvana parpadeó. ¿Qué podía decir? Si respondía que estaba demasiado ocupada, Dewlap querría saber en qué. Si se limitaba a decir que no, simplemente se mostraría desagradable. Miró a Ezylryb. Éste asintió de un modo casi imperceptible.

—Sí, desde luego. —Sylvana inclinó levemente la cabeza—. Será un honor servir contigo en nuestra batalla contra los tiranos.

Dewlap pareció algo aturdida. Tal vez no se esperaba una rendición tan pronto por parte de la joven y hermosa instructora.

—Sí, sí —dijo nerviosa, y repitió lo que había dicho en la enfermería cuando asomó la cabeza y vio a Otulissa—: ¿Quién se habría imaginado que todo terminaría así? En guerra.

«¡Qué comentario tan extraño!», pensó Sylvana. Y parpadeó tal como Soren había hecho cuando Dewlap le dijo lo mismo.

CAPÍTULO 23

La última batalla

Mediante el lenguaje en clave, se había comunicado a todas las principales unidades tácticas minutos antes de que el túnel estuviera terminado que debían presentarse en una zona situada en lo más profundo de las raíces del árbol. Era un punto de reunión insólito. La zona donde habitualmente se daban instrucciones para las distintas misiones era un espacio que se hallaba junto al comedor. Pero ahora, cuando empezaba a caer la noche, montones de aves se apiñaban en una sala que parecía recién excavada. Ezylryb, a quien habían improvisado una percha para que se dirigiera a las tropas, recorrió las filas con la mirada y vio desconcierto en sus ojos.

—Durante las últimas semanas una pequeña unidad de mochuelos excavadores ayudados por tres aves no excavadoras han estado llevando a cabo una misión de alto secreto. Con un tesón que sólo puede calificarse de extraordinario, dadas las privaciones que todos hemos soportado, han abierto un túnel que, desde el Gran Árbol, va hasta un punto situado más allá de las líneas enemigas.

De los congregados se elevó un grito ahogado de sorpresa.

—¡El mapa, por favor!

Ezylryb volvió la cabeza hacia Octavia, quien desplegó un mapa de piel en el que aparecían marcadas las posiciones de las tropas enemigas con respecto al Gran Árbol.

—Una reducida unidad de reconocimiento dirigida por Octavia logró salir a través de una abertura muy pequeña antes de que el túnel estuviese terminado del todo. Nos informaron de que la mayoría de las tropas enemigas se han concentrado en una zona situada justo enfrente del final de nuestro túnel. Dicho de otro modo, se encuentran aquí. —Ezylryb indicó con sus garras mutiladas las raíces del árbol que se extendían hacia el sur—. Parece que el enemigo se está reagrupando allí, lo cual nos favorece.

Seguidamente, el autillo bigotudo procedió a explicar el movimiento de pinza que iba a ponerse en práctica. Se hizo un silencio absoluto. Habría podido oírse la caída de una pluma, pero al mismo tiempo se percibía casi un zumbido eléctrico provocado por la agitación de infinidad de mollejas. Se exigía a todos que alzaran el vuelo en la oscuridad con sus unidades respectivas. Twilight, Soren y el resto de la brigada de brigadas volarían con el escuadrón del fuego. Llevarían ramas en llamas que se habrían encendido en las reservas de carbones enterrados. Las Garras de Élite de Barran y los Chilladores Voladores de Elvan volarían con las nuevas garras de combate SGAN. Ruby y Otulissa portarían fuego en la unidad de Arietes de Strix Struma.

—Atacaremos en un movimiento de pinza clásico. Contamos con la ventaja del viento de cola. Y los últimos partes señalan que ha girado todavía más a nuestro favor. La mayoría de las tropas enemigas están atrapadas en un espacio aéreo impracticable. Todos nosotros estamos entrenados para volar a ras de los turbulentos rompientes del mar de Hoolemere. Intentaremos atraerlos hacia el agua, y muchos de ellos se ahogarán. —Ezylryb percibía la creciente confianza de sus tropas—. Mi fe en vuestra capacidad para llevar esta batalla hasta el final, un final victorioso y glorioso, no flaquea, sino que se refuerza a cada momento. Somos pocos en comparación con esas lechuzas malvadas; sin embargo, como ya dije antes, los números no lo son todo. Y jamás en la historia de los conflictos entre aves rapaces nocturnas se ha debido tanto a tan pocos. Y ahora os digo: adelante. Adelante por nuestra isla, adelante por nuestro árbol, adelante por el honor y por todo aquello que imaginamos cuando pensamos en la civilización forjada por nuestros Guardianes de Ga'Hoole. Os repito una vez más: sed valerosos. Que Glaux os bendiga.

Todos los presentes se lanzaron en tropel hacia la entrada del túnel. En cuestión de minutos estarían fuera por primera vez en mucho tiempo, en el aire, volando. Cuando salió el escuadrón del fuego, o la brigada reverberante, sabía exactamente a qué reservas secretas de carbones debía dirigirse. Con los destrozos causados por las tempestades invernales, encontrar ramas para encender resultaría sencillo.

El aire nocturno le sentó de maravilla a Soren cuando le dio en la cara. ¡Oh, volvía a volar! En unos segundos, el escuadrón hubo encendido sus ramas.

Exceptuando a Ruby y a Otulissa, que con sus ramas en llamas ocupaban posiciones de flanco en los Arietes de Strix Struma, el resto de la brigada de brigadas se elevó en el aire. Martin volaba al lado de Soren. Twilight iba en punta. Había caído una espesa niebla, por lo que sus ramas encendidas eran menos visibles y las llamas parecían tenues manchas de luz en el cielo.

Los enemigos no los vieron hasta que ya era demasiado tarde. Se oyó un estridente gruñido de alarma, pero la brigada reverberante se abalanzó de repente sobre ellos. Moviendo rápidamente su rama en un círculo amplio, Soren derribó a dos grandes lechuzas comunes, que rodaron hacia el mar con las plumas chamuscadas. Sus enemigos trataron de escapar del aire turbulento que levantaba el rompiente, pero cada vez que ascendían, los Arietes de Strix Struma los obligaban a bajar. Ezylryb tenía razón. Aquellas aves no sabían volar en condiciones tan adversas. Soren escudriñó la noche en busca de su hermano. Esperaba no encontrárselo de nuevo.

—¡A babor, Soren! —gritó alguien.

Una lechuza con una cara enorme y luminosa volaba directamente hacia él. Un reguero de sangre le surcaba el rostro en diagonal. Era como si hubieran acuchillado la luna y sangrara. Sus garras de combate estaban extendidas y brillaban a través de la niebla. La rama que portaba Soren se había salpicado un poco de agua marina y empezaba a apagarse. No había tiempo para regresar a una reserva de carbón y volver a encenderla. ¡Glaux bendito!, Soren estaba prácticamente indefenso, pues los miembros del escuadrón del fuego sólo usaban las garras de combate más ligeras, que no eran nada comparadas con las que llevaba puestas aquel ave que se le echaba encima.

Martin, que volaba cerca, se percató enseguida de la situación.

—Soren, me la llevaré a un alegre.

«Alegre» era la palabra en clave para designar las capas bajas de aire turbulento a ras de agua en las que los Guardianes de Ga'Hoole sabían volar con gran facilidad, pero que hacían estragos entre las lechuzas no entrenadas.

Así empezó. Soren y Martin se lanzaron en picado, esquivaron la cresta de una ola y se escabulleron sobre otra. La lechuza común los siguió. Era más hábil de lo que esperaban, si bien no tan buena como ambos, pero era fuerte y, puesto que había estado comiendo mejor que ellos, tenía más energía. Soren se preguntó por un instante dónde estaría Twilight. Pero no, debía librar aquel combate por sí mismo. Sin embargo, notaba que se estaba cansando, y vio que a Martin le sucedía lo mismo.

Entonces se le ocurrió una idea. Intentaría atraer a la lechuza hacia el acantilado que había justo debajo de ellos. Allí el viento estaba en calma a excepción de unas bolsas extrañas en las que el aire era succionado repentinamente hacia abajo en forma de remolinos. Soren sabía dónde se hallaban las bolsas, pero no su contrincante. Quizá podría hacerla volar tras él y conducirla luego a una de aquellas bolsas. Ésa era su última esperanza. Las garras de combate de la lechuza se acercaban más y más con cada aproximación. Ahora venía de nuevo a toda velocidad. Soren se desvió hacia los acantilados y bajó en picado. Ella lo siguió. Él encontró en alguna parte una reserva de nueva energía, que llevó hasta el último de sus huesos huecos. Sintió un hormigueo en la molleja. «Sígueme, sígueme», pensó.

¡Funcionaba! Supo que su rival estaba desconcertada. Martin, siempre rápido en darse cuenta de las cosas, empezó a empujarla por las plumas de cola. Pero justo cuando la habían llevado hasta el borde de una bolsa, una sombra se deslizó sobre los acantilados. La niebla se disipó y la luz de la luna se reflejó en una superficie dura y brillante. Era Kludd. Su cara revestida de metal casi deslumbraba iluminada por la luna. Unas hojas de luz acuchillaron la noche. Resultaba imposible ver. Los ojos de las aves rapaces nocturnas estaban hechos para las tinieblas, no para aquella luz intensa y reluciente. Martin pareció girar descontroladamente. Otra ave macho flanqueaba a Kludd. Soren la reconoció de la batalla para rescatar a Ezylryb en el bosque de Ambala. Era la lechuza a la que llamaban Wortmore. Pero entonces, a través de la luz cegadora, algo empezó a brillar, una cinta sinuosa y resplandeciente.

—¡Slynella! —gritó Soren.

—Essssstoy encantada de sssser útil.

La lengua bífida de dos colores atravesó la noche, y de repente Wortmore plegó las alas y cayó al mar. Sus ojos oscuros se tornaron carmesíes mientras una gota infinitamente pequeña de veneno hacía estragos en su organismo.

—¡Nyra, sal de aquí! —chilló Kludd.

Y luego todo se quedó en silencio. Martin y Soren se posaron en un saliente de roca para tomar aliento.

—¡Oh, Glaux bendito! —exclamó Soren con voz entrecortada—. ¡Dos veces salvado por el veneno!

—Da gusto verte, Slynella. —La voz de Martin temblaba de alivio—. ¿Cómo supiste que debías venir?

—Hortenssse. Uno de susss sueñosss, ¿sabesss?

Soren parpadeó.

—¿Sus sueños?

—Sssí, ya sabesss lo de Hortenssse y susss sueñossss. A vecesss ve la verdad mientrasss duerme. Lo que sssueña sssuele ocurrir.

Entonces Soren se percató de que lo que él había soñado había sucedido. La lechuza de la cara de luna que se había presentado con Kludd era la misma que se le había aparecido en sueños, primero como una araña y después como el pájaro que pronunciaba aquellas aterradoras palabras: «Te han devuelto la moneda». ¿Se habían unido de algún modo su sueño y el de Hortense? ¿Habían volado mientras dormían hasta un paisaje onírico común? ¿Se habían mezclado sus imaginaciones en aquella historia de muerte y destrucción?

Pero ahora tuvo la sensación de que aún había algo malo. Aquella lechuza que acompañaba a Kludd había matado. Lo sabía. Había llegado con un reguero de sangre cruzándole la cara.

—Parece todo muy tranquilo —observó Soren.

—¿Se ha acabado? —se preguntó Martin en voz alta.

¿Había terminado finalmente el cerco?

En ese momento Gylfie y Twilight se posaron en las cornisas situadas al pie del acantilado.

—¿Se ha acabado? —volvió a preguntar Martin.

—Eso creemos —respondió Twilight—. Pero los Arietes de Strix Struma han sufrido bajas importantes.

—¿Bajas? —dijo Martin con voz débil.

—¿Ruby? ¿Otulissa? —inquirió Soren.

—Ni Ruby ni Otulissa. —Digger acababa de posarse en la cornisa del acantilado—. Pero han matado a Strix Struma.

CAPÍTULO 24

Nace una nueva constelación

La cara de Otulissa parecía de piedra. Sus manchas blancas destacaban como pequeños guijarros.

—¿Crees que se pondrá bien, Soren? —susurró Eglantine—. Ya sabes cuánto quería a Strix Struma.

—Eso espero.

En realidad Soren no lo sabía, pero deseaba tranquilizar a su hermana pequeña. Estaba preocupado. Todos estaban preocupados por Otulissa. La joven cárabo manchado estaba volando al lado de su comandante cuando Strix Struma fue atacada. Fue una lucha de garras contra garras pero, con los primeros zarpazos, el enemigo ya le había abierto a Strix Struma una tremenda brecha en el punto donde las plumas de vuelo internas de una de sus alas se unían al cuerpo, dejándosela casi seccionada y completamente inservible. Aun así, la comandante siguió volando. Otulissa contraatacó valerosamente y logró desgarrar la cara del agresor de un arañazo.

—Traté de salvarla —les dijo Otulissa cuando fueron a verla a su hueco.

No dejó de repetir aquellas palabras.

Digger, Twilight, Soren y Gylfie no sabían qué decir. Entonces la Señora Plithiver entró arrastrándose.

—Otulissa, querida, ella no quería que la salvaran. ¿Qué clase de vida habría llevado con una sola ala? ¿Habría podido seguir dirigiendo la brigada de navegación? ¿Habría podido estar al mando de sus valientes Arietes de Strix Struma? Había tenido una vida plena. Era vieja. Estaba preparada. Murió luchando por una noble causa. Procura no atormentarte, querida.

Por más consoladoras que aquellas palabras habían podido parecer a los demás, Soren sabía que no habían aliviado el dolor de Otulissa. Y ahora, mientras se congregaban para la Última Ceremonia, como se denominaba el ritual para un ave rapaz nocturna muerta, se dio cuenta de que Otulissa no se sentía mejor. Su absoluto silencio era desconcertante. De no haber sabido cuál era el motivo, habría pensado que su amiga estaba hecha de piedra.

Entretanto, a tan sólo tres o cuatro metros de allí, en el balcón del Gran Hueco, Dewlap sollozaba convulsivamente.

—No me lo esperaba. No me lo esperaba —farfullaba sin parar.

Otulissa se movió. Volvió la cabeza y se hinchó, dominada por la furia.

—¡No, no se lo esperaba! —siseó.

Barran subió a la percha más alta.

—Estamos aquí reunidos para rendir homenaje a una gran cárabo manchado, Strix Struma. Aunque ella y yo pertenecíamos a especies distintas, éramos hermanas unidas por nuestro amor a la libertad y el puro deleite en la búsqueda del conocimiento de las estrellas que recorren sin cesar, estación tras estación, nuestros cielos nocturnos. Fue gracias a la querida Strix Struma, nuestra instructora de navegación, como empecé a aprender sobre los «ojos de glaumora», como solemos llamar a las estrellas. Es la espantosa furia de la guerra la que la ha llevado a su fin, aunque no se puede calificar su muerte de prematura, pues tuvo una vida larga y activa.

La reina siguió hablando en términos afectuosos de su prolongada amistad con la vieja cárabo manchado, y luego le tocó a Ezylryb.

—Su Majestad Barran ha aludido a la espantosa furia de la guerra que nos ha arrebatado a nuestra estimada soldado Strix Struma. Murió con las garras puestas. Habéis oído a Barran referirse a Strix Struma como su hermana, y me alegro de que lo haya hecho. Porque acabamos de hacer una guerra que fue instigada por el vil concepto que afirma que ciertas aves rapaces nocturnas son mejores que otras, y más puras. Ni uno solo de nosotros debe pronunciar jamás la palabra «puro» o «pureza» sin pensar en el derramamiento de sangre que tales términos han ocasionado.

»Sabemos que ningún ave rapaz nocturna es mejor ni más pura que otra, pues todos nosotros somos hermanas y hermanos. Ahora quiero dar un giro a esa palabra y hablar de la pureza de espíritu de nuestra querida amiga, nuestra feroz guerrera Strix Struma, quien murió protegiendo esos mismos valores.

»Anoche pereció, pero esta noche nace una nueva constelación. Salid a volar, jovencitos, y buscadla en las estrellas que Strix Struma tanto quería.

La noche era fría y despejada cuando salieron del Gran Hueco. Soren recordó su primera clase de navegación con Strix Struma en la que habían seguido el rastro de las Garras Doradas. Otulissa revoloteaba sola. Ruby, con quien había intimado tanto durante el tiempo que habían pasado juntas en los Arietes, se dispuso a seguirla.

—No, déjala en paz, Ruby —dijo Soren, planeando hasta ella y tocándole la punta del ala con la suya.

—¡Vamos, jovencitos! —Bubo apareció de pronto—. Me he enterado de que hay un gran incendio en el viejo bosque de la Punta de la Garra Rota. Ezylryb dice que deberíamos ir a echar un vistazo. Vámonos, Twilight, Digger y compañía. Esta noche os dejaremos volar a todos con la brigada de recolección de carbón. Tal vez aprenderéis un par de cosillas, ¿eh?

Guiñó el ojo a Twilight.

Se encontraban a medio camino de la punta cuando descubrieron a una cárabo manchado que volaba justo encima de ellos.

—¡Es Otulissa! —exclamó Eglantine.

—¿Qué está haciendo ahí? No creía que quisiera venir —dijo Soren, echando la cabeza hacia atrás por completo para verla en lo alto.

Allí arriba había un grupo de estrellas que no había visto nunca. Muy juntas, se extendían en dos espirales simétricas, como las manchas más diminutas de la cabeza de un cárabo manchado.

—¿Qué es eso? —preguntó Soren a Bubo.

—Ah, tal vez no has volado nunca tan al nordeste. Aquí hay constelaciones distintas.

—¿Cómo se llama? —quiso saber Soren.

—Vaya, ahora mismo no me acuerdo. Creo que recibe el nombre de una flor nival que crece en el norte al borde de los glaciares. Pero nunca he visto en ella tantas estrellas como esta noche.

«Puede que se llamara como una flor —pensó Soren—. Pero esta noche ha cambiado para siempre.» Vio que Otulissa empezaba a trazar con la punta de un ala la cabeza manchada que aparecía en la noche.

Había amanecido, y una luz rosácea inundaba el hueco. Soren se agitó en sueños. Había tenido pesadillas terribles que le destrozaban la molleja. La lechuza que encerraba la luna en su cara lo cegaba. Era como ser ofuscado por la luna en sus propios sueños. Notó que se paralizaba y perdía el control del vuelo hasta caer en picado. No podía escapar de aquel sueño.

Un viento frío entró por la abertura del hueco y le rozó las plumas de la cara. Abrió los ojos y supo al instante qué tenía que hacer. En silencio, se levantó, salió de su oquedad y bajó hasta la entrada del hueco de Otulissa.

La encontró sentada a su mesa, escribiendo, mientras sus compañeros dormían profundamente. La cárabo manchado levantó la vista.

—¿Fue la lechuza con cara de luna quien la mató, Otulissa?

Ésta asintió.

—Se llama Nyra. Es la pareja de tu hermano.

—Ya lo sé —repuso Soren.

Otulissa parpadeó.

—¿Cómo lo sabes?

—Lo soñé.

—Entonces posees lo que llaman visión astral —explicó ella—. Sueñas cosas y a veces ocurren. Lo he leído. Las estrellas, para ti, son como agujeritos en el tejido de un sueño.

Soren asintió. La descripción que Otulissa había hecho parecía acertada.

—La sangre que Nyra tenía en la cara ¿fue obra tuya, Otulissa?

—Sí, pero era una herida leve. Nyra te atacó después de matar a Strix Struma, y luego ella y tu hermano se fueron. —Hizo una pausa—. No han acabado con nosotros, Soren. No podemos esperarlos.

—¿A qué te refieres?

Un temblor le atravesó la molleja.

—Me refiero a que no podemos luchar a la defensiva. Debemos ir tras ellos.

Soren parpadeó. Los ojos de Otulissa tenían un brillo feroz.

—¿Qué escribes?

—Un plan... Un plan de invasión. Ahora soy distinta, Soren. —Lo dijo en un susurro apasionado. Uno de sus compañeros de hueco se movió—. He cambiado —añadió en voz baja, pero su tono era amenazador.

Soren se volvió para marcharse.

Otulissa dijo a su espalda:

—Sueña, Soren, sueña. Sigue teniendo tus sueños astrales. Sueña por tu vida, sueña por nuestras vidas. Sueña por los Guardianes de Ga'Hoole.

LAS LECHUZAS
y demás personajes de
GUARDIANES DE GA'HOOLE

El asalto

La banda

SOREN: Lechuza común, *Tyto alba*, del reino del Bosque de Tyto; fugado de la Academia San Aegolius para Lechuzas Huérfanas; en instrucción para ser Guardián en el Gran Árbol Ga'Hoole.

GYLFIE: Mochuelo duende, *Micranthene whitneyi*, del reino desértico de Kuneer; fugada de la Academia San Aegolius para Lechuzas Huérfanas; mejor amiga de Soren; en instrucción para ser Guardiana en el Gran Árbol Ga'Hoole.

TWILIGHT: Cárabo lapón, *Strix nebulosa*, volador libre, huérfano a las pocas horas de nacer; en instrucción para ser Guardián en el Gran Árbol Ga'Hoole.

DIGGER: Mochuelo excavador, *Speotyto cunicularius*, del reino desértico de Kuneer; perdido en el desierto tras el ataque en el que su hermano fue asesinado y devorado por lechuzas de San Aegolius; en instrucción para ser Guardián en el Gran Árbol Ga'Hoole.

Los jefes del Gran Árbol Ga'Hoole

BORON: Búho nival, *Nyctea scandiaca*, rey de Hoole.

BARRAN: Búho nival, *Nyctea scandiaca*, reina de Hoole.

EZYLRYB: Autillo bigotudo, *Otus trichopsis*, el sabio instructor de interpretación del tiempo y de obtención de carbón en el Gran Árbol Ga'Hoole; mentor de Soren (también conocido como Lyze de Kiel).

STRIX STRUMA: Cárabo manchado, *Strix occidentalis*, la solemne instructora de navegación en el Gran Árbol Ga'Hoole.

DEWLAP: Mochuelo excavador, *Speotyto cunicularius*, instructora de Ga'Hoolología en el Gran Árbol Ga'Hoole.

SYLVANA: Mochuelo excavador, *Speotyto cunicularius*, joven instructora en el Gran Árbol Ga'Hoole.

Otros habitantes del Gran Árbol Ga'Hoole

OTULISSA: Cárabo manchado, *Strix occidentalis*, alumna de prestigioso linaje en el Gran Árbol Ga'Hoole.

MARTIN: Lechuza norteña, *Aegolius acadicus*, compañero de Soren en la brigada de Ezylryb.

RUBY: Lechuza campestre, *Asio flammeus*, compañera de Soren en la brigada de Ezylryb.

EGLANTINE: Lechuza común, *Tyto alba*, hermana menor de Soren.

PRIMROSE: Mochuelo chico, *Glaucidium californicum*, mejor amiga de Eglantine.

MADAME PLONK: Búho nival, *Nyctea scandiaca*, la elegante cantante del Gran Árbol Ga'Hoole.

BUBO: Búho común, *Bubo virginianus*, herrero del Gran Árbol Ga'Hoole.

SEÑORA PLITHIVER: Serpiente ciega, antigua nodriza de la familia de Soren; miembro del gremio del arpa en el Gran Árbol Ga'Hoole.

OCTAVIA: Serpiente kieliana, nodriza de Madame Plonk y Ezylryb.

Los Puros

KLUDD: Lechuza común, *Tyto alba*, hermano mayor de Soren; jefe de los Puros (también conocido como Pico de Metal y Tyto Supremo).

NYRA: Lechuza común, *Tyto alba*, pareja de Kludd.

WORTMORE: Lechuza tenebrosa, *Tyto tenebricosa*, teniente de la Guardia Pura.

Jefes de la Academia San Aegolius para Lechuzas Huérfanas

SKENCH: Búho común, *Bubo virginianus*, Ablah General de la Academia para Lechuzas Huérfanas de San Aegolius.

SPOORN: Autillo occidental, *Otus kennicottii*, teniente primero de Skench.

TITA FINNY: Búho nival, *Nyctea scandiaca*, guardiana de pozo en San Aegolius.

UNK: Búho común, *Bubo virginianus*, guardián de pozo en San Aegolius.

Otros habitantes de la Academia San Aegolius para Lechuzas Huérfanas

GRIMBLE: Lechuza boreal, *Aegolius funerus*, capturado siendo adulto por las patrullas de San Aegolius y retenido como rehén con la promesa de respetar a su familia; asesinado cuando Soren y Gylfie se fugaron de la Academia San Aegolius para Lechuzas Huérfanas.

HORTENSE: Cárabo manchado, *Strix occidentalis*, protagonizó acciones heroicas en San Aegolius (también conocida como Mist).

Otros personajes

SIMON: Búho pescador castaño, *Ketupa (Bubo) zeylonensis*, peregrino de los Hermanos de Glaux de los Reinos del Norte. Asesinado por Kludd.

LA HERRERA ERMITAÑA DE VELO DE PLATA: Búho nival, *Nyctea scandiaca*, herrera independiente de todos los reinos del mundo de las lechuzas y otras aves rapaces nocturnas.

STREAK: Águila de cabeza blanca, volador libre.

ZAN: Águila de cabeza blanca, pareja de Streak.

SLYNELLA: Serpiente voladora cuyo veneno salva la vida si se administra correctamente.

Índice